KB130309

<맨땅에서 시작하는 너에게>

소년가장에서 대한민국 인재상을

수상하기까지 청년 이야기

맨땅에서 시작하는 너에게

초판 1쇄 발행 2019년 12월 25일

지 은 이 이영훈
발 행 인 권선복
편 집 오동희
디 자 인 오지영
전 자 책 서보미

발 행 처 도서출판 행복에너지
출판등록 제315-2011-000035호
주 소 (07679) 서울특별시 강서구 화곡로 232
전 화 0505-613-6133
팩 스 0303-0799-1560
홈페이지 www.happybook.or.kr
이 메 일 ksbdata@daum.net

값 15,000원
ISBN 979-11-5602-767-6 (03810)

Copyright ⓒ 이영훈 2019

* 이 책은 저작권법에 따라 보호받는 저작물이므로 무단전재와 무단복제를 금지하며, 이 책의 내용을 전부 또는 일부를 이용하시려면 반드시 저작권자와 〈도서출판 행복에너지〉의 서면 동의를 받아야 합니다.

맨땅에서 시작하는

이영훈 지음

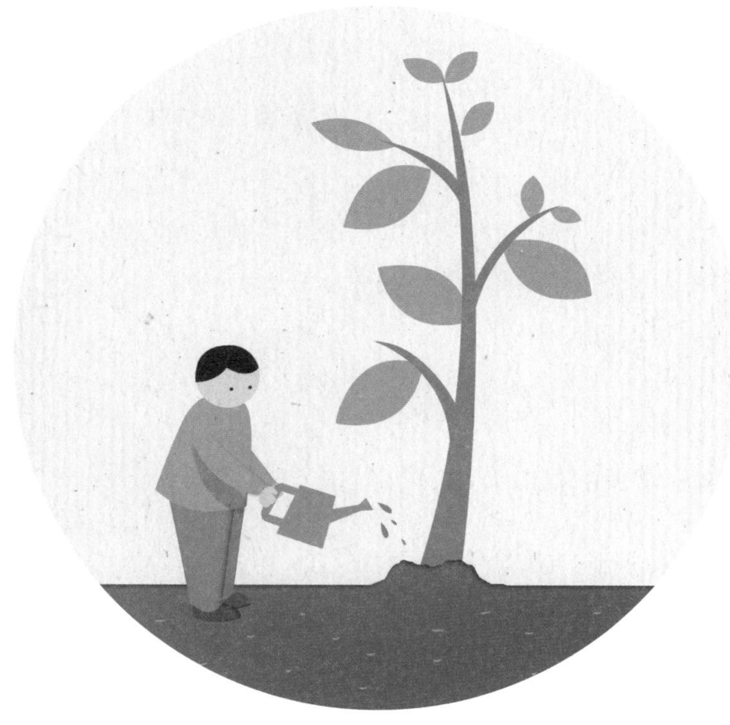

너에게

도서출판 행복에너지

추천사

예수성심전교수녀회 이명숙 바울리나 수녀

살기 힘든 대한민국에서 오늘도 고군분투하며 내일의 희망을 걸고 앞으로 나아가길 주저하지 않는 젊은이들이여! 힘내시길 바랍니다.

이영훈 청년이 기록한 29년 삶의 여정이 홀로 험난한 세상을 살아내고 있는 청년들에게 조금이나마 위로가 되고 벗이 되길…. 그리고 그 청년과 잠시 함께 동반했던 많이 부족한 이름 없는 수녀로서 젊은이들에게 해줄 수 있는 말은 기도로 함께 걸어가요! 라는 말뿐입니다.

트로스트 대표 김동현

영훈이의 20대를 옆에서 지켜본 결과 그는 굉장한 합리적 낙관주의자(스톡데일 패러독스)라는 것을 알게 되었다.

비관적인 현실을 냉정하게 받아들이는 한편 앞으로는 잘될 것이라는 굳은 신념으로 늘 치열하게 살아간다.

혐생(혐오스러운 생)이라는 말이 청소년들에게 유행이라고 한다. 이 책이 청소년들에게 따뜻한 용기를 줄 수 있기를 바란다.

부산광역시 청소년활동진흥센터 청소년지도사 박지인

용기를 가지고 싶다면, 지쳐있는 너라면, 위로가 필요하다면, 마주하기도 싫고 숨고만 싶어져 자신의 의미에 대해 더 이상 고민하고 싶지 않은 너에게 권하고 싶은 하나의 이야기. 빨간불에 급한 브레이크를 걸어 세워진 발걸음, 주황불에 갈까 말까 동동거리는 발걸음, 초록불에 우르르 썰물에 쓸려나가듯 흘러가 버리는 발걸음을 하고 있는 너희들과 함께 나누고 싶은 이야기. 작가의 삶 속에서 성장을 발견하고 싶은 너라면 성장의 포인트에서 좀 더 깊이 자신과의 공통점을 찾아 로드맵을 그려볼 수 있게 해주는 밑그림 같은 이야기, 만약 위로와 공감을 얻고 싶은 너라면 추운 겨울 붕어빵 같이 폭신폭신하고 달달한 이야기로 너의 마음을 녹여줄 그런 이야기가 될 것.

한국청소년활동진흥원 부장 한신희

“제자리걸음도 구두굽 닳긴 마찬가지!” 어느 여행서적에서 본 글이며 영훈 씨가 떠오르는 문장이다. 그의 지금까지 행적은 “걸림돌? 그건 나를 춤추며 걷게 하는 힘!”이라고 말하는 것 같다.

프롤로그

| 역경을 딛고 꿈과 희망으로 |

“고난과 역경이 없었다면 지금 이 자리도 없었겠죠.”

태어나서 29년을 살아오면서 꾸준히 고난과 역경을 경험했다. 매 순간 험난한 산을 넘는 고비도 있었지만 그에 비견하는 성취감도 맛보았고 꾸준히 꿈과 희망을 지니며 살아왔다.

5세부터 19세까지 아동양육시설(그룹홈)에서 청소년기를 보냈으며, 동남아시아에서 한 달 이상 배낭여행 4회, 20개국 100여 개 도시 배낭여행, 사회복지법인 로사리오까리따스 한마음회 봉사활동, KT올레대학생봉사단 시각장애인 봉사활동, G마켓 해외봉사단, 월드프렌즈IT봉사단, 대학사회봉사협의회 월드프렌즈 해외봉사단, 동아대학교 연변교육봉사단 등 다수, 여성가족부 국가간청소년교류 청소년대표자격 터키방문, 사회적 기업가 육성사업 '새늘투어' 창업 공모당선, LH소셜벤처 창업지원사업 3기 당선, 고용노동부(예비)사회적 기업 지정 등 다수, 대한민국 인재상 부총리 겸 교육부 장관상 수상 등등….

그렇게 많은 경험을 한 나는 이제 "사회적 기업가 이영훈"으로 불리고 있다.

사회적 기업가란 무엇인가?

일반 기업처럼 이윤 극대화를 목적으로 하기보다는 사회적 목적 실현을 위해 이윤의 대부분을 재투자하는 기업가를 말한다. 주로 일자리 마련, 사회통합, 국가 안보, 교육 등 서비스 제공, 지역경제 지원 등 삶의 실질적인 문제를 해결하는 데 초점을 둔다고 보면 된다. 우리나라는 사회적 기업 육성위원회의 공식 인증을 받아 일반기업이 사회적 기업으로 인증되면 경영 컨설팅이나 조세 감면 등에서 정부 지원을 받을 수 있다.

위의 내용만 보면 금수저로 태어난 친구들도 다 하지 못했던 활동들을 한 것 같다. 내가 봐도 태어나서 몇 년 되지 않아 양쪽 부모님을 여의고 지낸 사람의 활동량이라고는 믿기지 않는다.

12년간의 학창시절을 되돌아보면 부모 없는 그늘 아래서 때로는 친구들에게 놀림을 받기도 했고, 때로는 스트레스를 게임으로 풀기도 했지만 늘 밝게 웃으며 지냈던 것 같다.

15년 동안 그룹홈에 살면서 나의 꿈은 여러 번 바뀌었다. 음악가, 호텔조리사, 국제협력활동가….

그렇지만 내가 하고 싶은 활동을 거의 할 수 없었다. 시간 되면 밥 먹고, 공부하는 등 정해진 스케줄을 따라야 했으니까. 나를 포함한 모든 친구들이 똑같이 그러했다.

비록 다른 평범한 가정의 아이들과 출발점은 달랐지만, 그룹홈에서 길러진 올바른 가치관과 강한 독립심은 나를 한 뼘 더 성장시켜 주는 계기가 되었고, 끊임없이 도전하고 실패를 맛보면서도 많은 성취를 이룩하고 보상을 받을 수 있도록 도와주었다. 내 삶의 길목에서 만난 수많은 사람들 또한 많은 도움이 되었다. 이러한 나의 경험과 과정들을, 어려움에 처한 청소년들과 지치고 삶의 의욕이 사라진 청년들과 함께 나누고 싶어 이 책을 쓰게 되었다.

그룹홈 출신 친구들, 고아원 출신, 소년소녀가장, 한부모가정

친구들 등 제대로 된 부모님 밑에서 자라지 못하고 어려움에 처한 친구들이 학창시절을 보내는 것이 얼마나 힘든 일인지 잘 알고 있다. 이 친구들에게 필자의 책을 읽으며 “나도 할 수 있다.”는 용기를 심어주고 싶다. 전국의 수많은 친구들에게 방법을 알려주고 싶지만 제일 빠른 방법이 책으로 목소리를 내는 것이라 판단했다. 이 책을 통해 내 이야기가 진솔하게 다가가 인생이 변화하는 계기가 되었으면 한다.

삶을 포기하고 어렵게 지내고 있는 수많은 사람들에게 이 책을 바치고 싶다.

2019년 가을이 오는 길목에서
사회적 기업가 이영훈

목차

제1장

평범하지 않았던 인생의 시작점

1
| 나도 몰랐던 나의 가정환경 |

1991년 7월 6일생

경상북도 경주시 모 병원

난 2.5kg의 미숙아로 태어났다.

당시 23세였던 아버지는 방위산업체(현 산업기능요원)에서 근무를 하면서 어머니를 만나 혼전임신으로 계획에 없었던 나를 낳으셨다. 당시 어머님의 나이는 고작 20세였다.

안 그래도 경제적 형편이 어려웠으니 나를 제대로 키울 수 있는 여건이 마련되지 못한 것은 당연했다. 하지만 아버지와 어머니는 나를 책임지시고자 낳기로 결정하셨고, 그렇게 제2의 인생을 시작하게 되었다.

아버지는 방위산업체에서 하루 종일 일하시고, 어머니는 나를 돌보느라 눈코 뜰 새 없이 바빴다. 당시 아버지의 방위산업체 월급은 본인 혼자 먹고 사는 데도 빠듯한 금액이었다고 한다. 아버지의 누나인 고모는 옆집에서 살았는데 시장에서 자그마한 소주방을 운영하고 계셨다. 종종 아버지에게 담뱃값과 술값을 주셨고 어머니에게도 나를 위한 분유값을 지원해 주셨다. 아버지가 벌어 오는 돈으로 세 식구가 먹고 살기는 힘들었기에 늘 고모에게 경제적, 물질적으로 도움을 받았다고 한다.

20대 초반, 꽃다운 젊은 나이에 나를 낳으신 어머님은 많이 힘들어하셨다고 한다. 친구들은 대학을 다니며 연애를 하고, 마음껏 술도 마시고 여행을 하는데 어려운 가정형편의 아버지와 함께 시장바닥의 방 한 칸짜리 집에서 하루 종일 나를 돌보며 지내는 일은 분명 쉽지만은 않았을 것이다.

고모는 어머니의 마음을 십분 이해하면서도 어머니가 아니면 나를 키울 사람이 없다며 어머니가 나를 두고 도망가지 않도록 본인의 옷은 거의 사 입지 않고 어머니의 옷과 신발을 사다 주곤 하셨다.

그렇게 내가 태어난 이후 3년 동안 아버지는 산업체에서 일하시고 어머니와 고모는 힘을 합쳐 나를 돌보며 고된 생활을 이어갔다. 고모는 밤에 소주방을 운영하시면서 하루하루를 바쁘게 지냈다.

2
| 꽃다운 나이의 아버지와 작별인사 |

그렇게 3년이 지나 내가 4살이 되던 1994년 1월 10일.

어머니와 아버지의 금슬이 좋았던지 동생이 태어났다.

지금 돌이켜보면 4살 때 있었던 일들은 어렴풋하게나마 기억이 난다.

그 무렵 나는 온 시장을 돌아다니면서 장사하시는 분들에게 아침 인사를 건네고 귀여움을 독차지하곤 했다. “아이고, 이쁘네. 엄마 둘째 낳아서 힘들 텐데 많이 도와주래이.” 지금도 그 시장을 가면 30년째 장사하시는 분들 중에 나를 알아보시는 분들이 계신다.

시장의 상인분들은 힘들게 사는 우리 가족을 걱정의 눈빛으로 바라보셨다. 식재료를 사러 갈 때 나와 동생이 동행하면 무조건

배 이상으로 담아주시기도 하셨다.

어머니는 내가 태어난 이후 3년 동안 잘 버티셨는데, 동생이 태어난 후 몇 달은 급격하게 힘들어하기 시작하셨다. 몸도 힘들지만 마음이 이미 떠나버리신 것이다. 늘 고모에게 하루하루가 고됨을 토로하셨고 언제라도 떠나고 싶다는 말을 매일같이 되풀이하셨다.

고모는 그런 어머니에게 잦은 부탁을 하셨다고 한다. “제발 아들 둘 놔두고 떠나지 말아라 광순아, 이 아이들을 부모 없이 자라게 할 수는 없잖아, 제발 부탁이야.” 어머니는 고모의 부탁을 받을 때면 그 순간만큼은 마음을 다잡았으나 그 마음이 늘 오래 가지 않았던 듯하다. 아무리 생각해도 어려운 상황이 나아질 기미가 보이지 않았을 테니까. 이때 어머니 나이는 불과 24세였다.

나도 24살에 여기저기 해외를 다니며 하고 싶은 것을 최대한 즐기며 살았었기에 그 당시 어머님이 얼마나 힘들었을지 상상만 해본다.

그렇게 고난의 세월이 계속되던 어느 날, 청천벽력 같은 소식이 들려왔다. 아버지가 오토바이를 타고 퇴근하시다가 전봇대에 부딪혀 사망하셨다는 소식이었다.

우리 가족이 의지할 곳이라곤 아버지와 고모밖에 없었기 때문에 아버지의 사망 소식은 벼락이 친 것과도 같았다. 아버지만 바라보던 어머니는 아버지의 죽음과 동시에 마지막 붙잡고 있었던 희망의 끈마저 놓아버리셨다.

그렇게 아버지는 27세의 꽃다운 다이에 우리 곁을 떠나셨다. 너무 어릴 때 사별을 하게 되어 아버지와 함께했던 날들에 대한 기억이나 추억은 전혀 없다. 아버지와 찍은 사진도 거의 없고 얼굴도 기억나지 않는다. 소식을 듣고 많이 울었던 기억만이 어렴풋이 난다.

20대가 되어서야 아버지에 대한 그리움으로 삼촌에게 유골을 뿌린 곳을 물어 찾아갔다. 지금도 생각날 때마다 찾아간다. 그리고 힘들 때마다 기도를 드린다. 아버지는 하늘나라에서 나를 바라보며 내가 기도하는 모든 것들을 다 들어주신다. 옆에 함께 있지는 못하지만, 많은 의지가 된다.

3
| 내 삶의 구원투수 이명순 |

구원투수 이명순은 우리 작은 고모 이름이다.

우리 고모 이명순 씨는 부모 없는 내가 반듯하게 자랄 수 있도록 최선을 다해주신 고마운 나의 가족이다.

친동생과 사별하게 된 고모는 당시 충격이 너무 커서 몇 달 동안 장사를 접기도 했다. 하도 울어서 몸이 좀처럼 움직이지 않았다고 한다. 1년 정도는 슬픔에서 헤어 나오지 못하셨다.

슬픔에 장사는 접었지만, 하루 벌어 하루 먹고사는 우리 가족들에겐 슬픔 또한 사치였다. 경제적 수입이 없어지자 고모는 어머니에게 더 이상 금전적인 도움을 주지 못했고, 어머니는 우리들을 키우기 힘들어 큰아버지 집에 맡겼다. 그리고 어느 날 아무 말 없이 집을 나섰다.

6살이 될 때까지도 유치원을 다니지 않았던 나는 동생과 함께 큰아버지 집에서 동화책도 읽고 한글도 배우면서 그럭저럭 지내고 있었다.

큰아버지는 알코올중독자로 정상적 생활이 거의 불가능한 상태였다. 어린 우리들에게 밥을 해주지 않았음은 물론이다. 우리는 큰아버지의 눈치를 보며 최대한 얌전하게 행동하려고 노력했다. 3살짜리 동생과 함께 라면을 끓여 먹었고 국수를 말아 김치를 얹어 먹기도 하였다. 나의 생존본능은 이때부터 길러졌던 것 같다.

한동안 보이지 않던 어머니가 큰아버지 집으로 찾아온 날이 잊히지 않는다. 이날도 큰아버지는 우리 둘만 남겨놓고 어딘지 모를 곳으로 술을 마시러 나가셨다.

어머니는 현관으로 들어와서는 부엌 앞에 앉아있는 우리 둘에게 각자 2천 원씩 돈을 쥐어주셨다. 그러고는 아무 말 없이 문을 열고 떠나셨다. 그게 어머니와의 인연의 끝이었다. 어머니는 우릴 버리고 간 것이다. 그때는 몰랐다. 다시 오실 줄 알았고 큰아버지 집에 있는 우리가 걱정되어서 용돈을 주고 가신 줄 알았다.

며칠이 지나고, 몇 주가 지나도 어머니는 우릴 찾아오지 않았다. 고모도 우리에게 아무 말도 하지 않았다.

우리는 고모의 손에 이끌려 시장 안에 있는 고모 집으로 다시 돌아왔다. 새벽까지 장사하는 고모를 따라다녔고 소주방을 온통 뛰어다니며 장난도 치고 그랬다. 고모는 우리에게 "조용히 하고 가만히 앉아 있어라."라고 하시며 다른 부모들이 자식에게 하듯 똑같이 잔소리를 했다.

사실 고모는 우리가 안쓰러워서 힘들어도 버텨냈을 것이다. 양쪽 부모를 여읜 우리 형제들을 보면서 얼마나 마음이 아프셨을까. 훗날 고모에게 이야기를 전해 들었는데, 혼자 우리를 키우는 몇 달이 정말 힘들었다고 한다. 고모도 몇 날 며칠을 눈물의 밤으로 지새울 때도 많았다고.

1990년대 초반에는 부모 없는 고아들이 미국으로 입양을 많이 갔다. 고모는 혼자 우리들을 키우기가 너무 버거워 3살이었던 동생이라도 입양을 보내려고 여기저기 알아보시게 되었다.

만약 동생이 그때 입양을 갔다면 나는 동생이 있었는지도 기억 못 한 채 살아갈 수도 있었다. 훗날 알게 된다 하더라도 쉽게 찾을 수도 없었을 것이다. 그런 상황은 상상하기도 싫다. 다행히 운명은 우리를 그런 상황에 처하게 하지 않았다.

4
| 루미네 수녀님과의 첫 만남 |

루미네 수녀님, 그리고 동갑내기 친구 호진이

고모의 소주방은 울산의 한 전통시장 안에 위치해 있었다. 시장의 상인 분들은 우리의 사정을 잘 알고 있었다. 어느 날, 횟집

이모가 고모한테 한마디 던졌다.

"명순 씨, 자기 너무 고생하는 거 아는데, 너무 힘들면 아이들을 부산에 있는 고아원으로 보내는 게 어때? 내가 성당을 다니는데, 성당주보에 부산에 ○○양육시설이 생긴다 하더라. 소년소녀가장인 친구들을 찾고 있대."

그 말을 들은 고모는 며칠을 고민한 끝에 부산에 있는 ○○양육시설에 전화를 걸었다. 고모의 사정을 전달받은 원장수녀님께서는 사는 모습을 직접 확인할 겸 울산으로 오시기로 하셨다. 마침 아버지 기일이었다. 아버지 영정사진을 보며 두 시간을 울었다. 아버지에 대한 기억이 거의 없었음에도 상실이라는 게 무엇인지 그 어린 나이에도 느낄 수 있었다. 고모 집에 오신 원장수녀님은 울고 있던 나를 꼭 안아주셨다. 나는 한 시간을 더 울었다.

수녀님께서는 고모에게 말씀하셨다. "고모님, 이 아이들 중 한 쪽만 미국에 입양 보내는 것은 잘못하는 일입니다. 나중에 이 아이들이 커서 서로 찾으면 그땐 어떡할 거예요. 아이들을 직접 키우시려면 둘 다 키워주시고, 아니면 둘 다 저희에게 보내주세요."

원장수녀님은 고모에게 그렇게 의미심장한 말을 남긴 채 떠나셨다. 고모는 그 말씀을 듣고 입양을 보내지 않기로 결정하였다. 그리고 우리들을 부산으로 보내기로 하셨다. 본인 손에서 자라는 것보다 훨씬 바르게 클 수 있는 기회가 될 것이라 생각하셨다고 한다.

1996년, 나는 6살, 동생은 3살.

화창한 여름날 우리는 고모와 함께 부산행 시외버스에 몸을 실었다.

노포동역에서 지하철을 타고 한참을 달려 범내골역에 내려 다시 마을버스를 탔다.

굽이굽이 시골길을 오르며 안창마을이라는 곳에 내렸다. '우리들의 집' 양육시설이 위치한 곳이었다.

제2장

보호기관 아동으로 좌충우돌 생활기

1

| 보호기관에서의 적응기 |

1996년 당시, 시설에서 함께 생활했던 수녀님, 친구들

부산광역시 부산진구 범천동 어느 산골에 위치한 안창마을 (현 호랭이마을).

어린 나이에 우리는 부모님의 곁을 떠나 아동 양육 시설(현 그룹홈)로 오게 되었다.

이곳을 간단하게 소개하자면 부산광역시에서 시행하는 아동보호 사업을 위한 아동 양육 시설이라고 말할 수 있다. 우리나라는 6.25전쟁이라는 특수 상황 속에서 전쟁고아 등 위기의 아동을 구호하고 보호하기 위해 일찍부터 아동 양육 시설이 건립되어 왔다. 특히 부산은 6.25 전쟁 당시 피난지가 되면서 여러 아동 양육 시설이 발달되었다. 아동 양육 시설은 자신의 원 가정에서 제대로 양육받지 못하는 아동들이 장기간에 걸쳐 신체적, 정신적, 사회적 성장을 할 수 있도록 돕는 대안 가정으로 자리하고 있다. 지금은 이 시설을 그룹홈이라 부른다.

우리가 이곳에 왔을 때, 이미 5명의 비슷한 또래 친구들이 살고 있었다. 그 친구들 또한 어려운 환경에서 온 아이들이라 처음엔 다들 부끄러움이 많아 금방 친해지기 어려웠다. 그러나 집에 장난감도 많았고, 북적북적 식사도 같이하고 공부도 함께하다 보니 외로움은 금방 잊혀갔다.

우리를 제외한 5명은 자매인 2명, 외동인 친구들 3명이었는데, 6살부터 12살까지 나이가 다양했다. 시설에 오게 된 사연도 제각각이었다. 이혼 후 아버지가 알코올 중독자여서 학대를 하는 등 도저히 살 수 없는 상황에서 온 친구, 부모를 아예 모르고 할머니 손에 자라온 친구 등… 가족 해체로 인해 죄 없는 아이들이 이곳까지 오게 된 것이었다.

어린 나이이기도 했고, 부모의 그늘을 느끼지 않도록 배려해 준 수녀님들의 지원 덕택에 우리는 빠르게 시설 생활에 적응해 갔다.

내 동생은 4살로 가장 막내였는데, 모두가 동생을 귀여워했고 수녀님들도 손이 많이 가는 동생을 더 잘 보살펴 주셨다.

우리는 복지관에 위치한 목욕탕도 정기적으로 다녔고, 안창 마을에 있는 오리불고기집에도 외식을 가곤 했다. 그렇게 같은 처지의 친구들끼리 서로 의지하면서 잘 먹고 잘 자며 쑥쑥 자라났다.

2
| 마음의 도피처, 예랑 어린이집 |

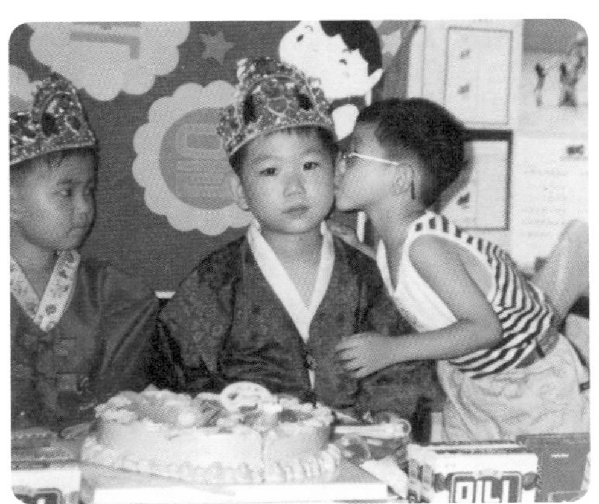

예랑 어린이집에서 7번째 생일을 맞은 날

예랑 어린이집은 내가 6살부터 7살까지 1년 반 정도 다녔던 어린이집이다.

나에게 있어 이 어린이집은 매우 특별하다.

그룹홈에서 채워주지 못한 허한 마음을 달래준 곳이 이곳이었기 때문이다.

내가 사는 곳은 우리들의 집 아동양육시설인데, 부산시에서도 가장 낙후되고 오래된 동네 중의 한 곳에 있으며 현재에도 70년대의 모습을 간직하고 있는 곳이다. 장전동에 위치한 예수성심전교수녀회에서 수녀님들이 파견되어 운영을 하는 시설로, 파견된 수녀님들은 성당, 학교, 병원, 기관 등 다양한 곳에서 봉사를 하신다.

안창마을에는 우리들의 집 말고도 우리들의 집 공부방(현 아동지역센터)이 있었다. 사설 학원이 아예 없었기 때문에 이 지역의 대부분의 아동들이 이곳으로 공부하러 왔다.

지금부터 우리들의 집을 편의상 '우리집'으로 표현하고자 한다.

1997년도의 우리집은 기초생활수급자 앞으로 나오는 최저생계비(1990년대 후반 기준 약 30만 원)와 재단을 통한 후원자들의 후원금으로 운영되고 있었으며, 법이 바뀌기 전까지는 국가에서 공식적인 지원을 받지 못했다.

그래도 많은 분들의 후원 덕분에 밥을 굶지는 않았다. 공부방으로 공부하러 오는 친구들과도 쌀과 라면을 나누어 먹었다. 이 친구들은 집안이 어려워 부모가 간식이나 저녁을 챙겨주는 경우가 거의 없었기 때문에 저녁까지 해결하고 떠나곤 했다.

이런 상황에서 나 역시 큰 욕심 없이 수녀님들께서 주시는 밥을 먹고 주어진 대로 살아가고 있었다. 그러다 6살이 되던 해 가을쯤이 돼서야 어린이집에 들어가게 되었다.

1년 반 동안의 짧은 어린이집 생활을 하면서 어느 정도 복잡했던 상황도 정리가 되고 마음의 안정을 찾아갔던 것 같다.

어린이집에서는 매달 그 달에 태어난 친구들을 위해 생일파티를 열었다.

남들은 늘상 하는 파티일지 모르지만 나는 6살 때 처음 생일상을 받았다. 축하한다는 말을 건네는 친구들에게 선물을 받으면서 하루를 보낼 수 있다는 그 자체가 너무나도 행복했다. 나도 이렇게 축하를 받을 수 있는 사람이구나. 나도 다른 아이들과 다를 바가 없구나.

하지만 늘상 기쁜 일만 있었던 건 아니었다. 우리집에서 생활한 지 1년이 지날 무렵, 나보다 먼저 입소한 형들에게 괴롭힘을 당하게 되었다. 특별한 이유 없이 맞기도 했고, 함께 목욕탕에 가면 탕 속에 얼굴이 처박히는 등, 나쁜 장난 때문에 항상 형들을 무서워했다.

그래서 늘 도망가다시피 어린이집으로 향했고, 우리집으로 가는 것을 꺼려하게 되었다. 나중에 수녀님이 이 사실을 알게 되어 저녁까지 나를 어린이집에 있도록 했다. 형들을 보는 것조차도 너무 무서웠던 나는 어린이집에 있는 시간이 무척이나 행복했다.

또래인 친구들과는 어린이집을 졸업할 때까지 친하게 지냈다. 소꿉놀이, 장난감놀이, 알파벳공부도 같이하면서 조금씩 안정을 되찾았다. 여느 어린이집과 비슷하게 부곡하와이도 놀러 가고, 학예회도 열심히 준비해서 무대에서 춤도 추고 즐거운 생활을 했다.

나는 다른 친구들과 다르다는 생각이 어렴풋이 들었지만, 어린이집을 다니는 기간 동안만큼은 다른 친구들과 다를 바 없는 평범한 7살라고 믿으며 지냈다.

3
| 좌충우돌 초등학교 생활 |

1998년 3월, 범일초등학교 입학식 날, 작은고모와 함께

어린이집을 졸업하고 8살이 되던 해의 3월, 마침내 나도 가까운 초등학교에 입학하게 되었다. 다른 친구들도 나와 같은 초등

학교에 진학했다.

나는 학교에 들어간 후에 처음으로 음악에 매료되었다. 1학년이 배우던 '즐거운 생활'이라는 교과목이 있었는데, 그 시간에 선생님 반주에 맞춰 노래 부르는 것이 제일 즐거웠던 것 같다.

내가 음악을 좋아하는 것을 알게 된 수녀님은 10분 거리에 위치한 피아노 학원에 보내주기도 하셨다. 피아노 학원에서 한 명을 무료로 다니게 해주는 선의를 베풀었는데 재능이 보인다고 나를 보내주신 것이다. 나는 바이엘부터 차근차근 열심히 배워나갔다.

초등학교 2학년이 되자 피아노 학원에서 배운 노래들을 교실에 있던 '오르간'으로 쳐보기도 했었다. 쉬는 시간에도 열심히 연주하는 나를 본 선생님께서 음악 시간에 노래를 연주할 수 있는 기회를 주셨다. 내 연주에 맞추어 반 친구들이 노래를 부를 때는 무척 뿌듯했다. 늘 음악 시간이 기다려졌다.

초등학교 3학년 때는 처음으로 '리코더'라는 악기를 접하게 되었다. 피아노를 배워서 코드와 음감을 익히고 있었던 나는 몇 달 만에 다른 친구들보다 압도적으로 리코더를 잘 불 수 있었다.

리코더는 구멍을 완벽히 막고 연주하면서 숨 쉬는 타이밍을 놓치지 않는 것이 중요했다. 그냥 숨을 계속 내쉬면서 부르는 것이 아니라 노래 흐름에 맞춰 길게 뺄 때에는 길게 빼고, 짧게 뺄 때는 짧게 빼주어야 했다. 예를 들어 '솔' 다음 음이 '라'라면 '솔'

다음 가볍게 쉬고 바로 '라'로 넘어가는 스킬이 필요한 것이다. 손이 두꺼웠던 나는 애초에 리코더를 잘 연주할 수 있는 신체적인 조건을 갖추고 있었다.

그렇게 초등학교 5학년이 되자 리코더를 잘 분다고 전교에 소문이 났다. 부산광역시에서 초등학생 대상으로 리코더 대회를 열었는데 담당 선생님께서 여기 나가보면 어떻겠냐고 하셨다. 매일 학교를 마치고 음악실에서 1시간 이상 선생님과 함께 연습을 했다.

나는 '아를르의 여인'을 연주하기로 결정했다. 동요만 부르다가 클래식을 연주하려니 쉽지 않았다. 고음도 많았기에 손가락 스킬이 더더욱 필요했고, 뒷부분은 워낙 빨라 틀리지 않게 연주하려면 많은 연습을 해야 했다.

대회 2주 전에 리코더를 변경했다. 학교 앞에서 파는 리코더가 아닌 전문점에서 파는 리코더를 구매하였다. 확실히 소리부터 달랐다.

그렇게 세 달이 지난 후 결전의 날이 다가왔다. 대회는 어린이대공원에 위치한 회관에서 진행되었다. 부산에서 리코더를 잘한다는 친구들은 다 온 것 같았다. 리코더를 들고 있는 다른 학교 친구들을 보니 더욱더 긴장이 되었다.

대회가 시작되었다. 내 차례가 되었는데, 덜덜덜 떨리는 몸을 붙잡고 무대에 올랐다. 이렇게 많은 사람들 앞에서 연주를 하는 건 처음이었다. 리코더는 손가락으로 연주하는 것이기에 팔과 손을 떨게 되면 제 실력을 발휘하지 못한다. 중간에 두세 번의 실수가 있었고 고음이 제대로 나오지 않을 때도 있었다. 그렇게 연주를 마치며 내려오는데 많이 아쉬웠다. 그렇게 종합 4등으로 '장려상'을 받았다.

이때 처음으로 느낀 것 같다. 내가 좋아하고 잘하는 일에 온전히 열중할 수 있는 것이 무엇이고, 성취감이 뭔지 말이다. 선생님의 도움과 지도에 부응하여 열심히 연습하여 성과를 내는 삶이 얼마나 가슴 뛰는 일인지를 알게 되었다.

그렇게 세월은 흘러 어느덧 초등학교 6학년, 3월.

학교에서 공개적으로 신상조사를 하였다.

선생님은 모두 눈을 감고 책상 위에 엎드리라고 했다. 하지만 35명의 친구들이 선생님 말을 전부 잘 들을 리가 없었다. 그중엔 실눈을 뜨는 친구들도 있었고 제대로 엎드리지 않고 상황을 지켜보는 친구들도 있었다.

선생님은 묻는 질문에 해당되는 학생은 살짝 손과 고개를 들어달라고 하셨다. 이때만 해도 대수롭지 않게 생각했었다.

선생님의 질문이 쏟아졌다. "우유 신청하는 사람?" "부모님이 공무원인 사람?" "학원 다니는 사람?" 등등 우리들을 파악하기 위한 질문이 이어졌다. 말미에 이런 질문들도 했다. "어머님이 안 계시는 사람?" "아니면 아버지가 안 계시는 사람?" "할머니와 함께 사는 사람?" "양쪽 부모님이 다 안 계시는 사람?" 나는 양쪽 부모님이 다 안 계셨기에 마지막 질문에 살짝 고개를 들고 손을 들어 선생님과 눈을 맞췄다.

그렇게 질문은 끝났고 내가 부모가 없는 소년소녀가장이라는 소문이 일파만파 퍼져나갔다. 부모님 없는 건 내 잘못이 아닌데도 이렇게까지 아이들에게 놀림을 받아야하는 일인지 이해하지 못했으나, 이유 없이 1년 내내 아이들에게 놀림을 당해야 했다.

"야! 너 부모 없다며?" "고아냐?!" "부모 없는 주제에 까불지마!" "너희 부모는 지금 어디 있니?"

초등학교 시절은 학교에서나 우리집에서나 너무 힘들었던 시절이었다. 집에 오면 형들에게 혼나고 수녀님의 호된 교육과 체벌을 견뎌내야 했으며, 학교에선 자그마한 일에도 아이들의 놀림감이 되곤 했다.

나는 초등학교를 다니면서 부모가 있는 아이들이 너무 부러웠다. 맥도날드에서 생일파티를 여는 친구들도 부러웠고 학교 앞으로 데리러 오는 부모님과 함께 차를 타고 가는 친구들도 부러웠다. 아이들에게 햄버거를 사주시는 부모님의 아이들은 우리들의 스타였다.

모두가 어렸지만, 그 어린 시절에 나는 다른 아이들보다 생각이 깊었다. 현재로서 내게 상황을 바꿀 수 있는 힘과 돈이 없었기에 주어진 환경에서 최대한 스트레스를 받지 않고 사는 것이

그나마 내가 할 수 있는 일이라고 생각했다.

초등학교를 다니면서 나만 부모님이 없는 게 너무 부끄러웠던 건 사실이다. 우리집의 수녀님 3분 중 한 분인 원장수녀님은 독일인 수녀님이셨는데, 1970년대에 선교차 우리나라에 왔었고 안창마을이라는 어려운 동네에 상주하면서 주민 분들이 다시 일어설 수 있도록 도우신 분이다. 그러다가 한국의 예수성심전교수녀회 통해 우리들의 집이라는 시설을 맡게 되셨다.

초등학교를 다니면서 그분과 함께 다닐 일이 많았다. 나는 늘 수녀님과 다니다가 친구들과 마주칠까 봐 조마조마했다. 독일인 수녀님과 함께 다니는 모습을 친구들이 보면 놀림의 대상이 될 것이 분명했기 때문이다.

어느 날 수녀님과 길을 가다가 같은 반의 친구들이 멀리서 이쪽으로 걸어오는 것을 보게 되었다. 나는 얼른 버스를 타고 가겠다고 이야기하고 버스를 잡았다. 버스를 타면서도 너무 찝찝했다. 위기를 모면했다고 생각했지만 수녀님에게 미안하다는 생각이 들었다.

지금 생각해 보면 분명 수녀님은 다 알면서도 같이 버스를 타 주셨을 것이다.

두고두고 후회하는 일이다. 내가 우리 수녀님을 부끄러워한 일은 20년이 지난 지금도 잊히지 않는다.

4
| 고모집 가는 날은 최고 행복한 날! |

수녀님들이 나와 동생을 잘 보살펴 주셨지만, 고모도 조카인 우리들을 보러 종종 시설에 오셨다.

시설에 살면서 다른 친구들이 할머니 집에 놀러 가거나, 방학이 되면 일주일씩 휴가를 가는 모습을 보면 너무 부러웠다. 어디라도 기댈 곳이 있고 갈 곳이 있다는 것만으로도 큰 행복이었다.

고모는 유치원을 졸업할 때와 초등학교를 졸업할 때 방문하셨고, 여름방학이나 겨울방학을 이용해서 우리들을 데리러 오기도 하셨다. 우리들은 1년에 한두 번 정도 고모와 함께 고모집에서 시간을 보내고 다시 부산으로 내려왔다. 초등학교 3학년 때까지는 고모가 데리러 왔고 4학년부터는 우리 스스로 지하철과 시외버스를 타고 고모집을 찾아갔다.

초등학교 시절엔 시설에서 지내는 게 너무 힘들었기 때문에 일 년에 한두 번 고모가 오거나 우리가 고모집에 가는 날은 몇 달 전부터 달력에 체크하며 방학을 기다리듯 손꼽아 기다렸다.

고모가 좋기도 했고, 고모와 함께할 때면 가족과 함께한다는 생각, 나도 가족이 있다는 것을 보여줄 수 있다는 생각이 들어 더 설레었던 것 같다.

사실 시설에는 아예 갈 곳이 없는 친구들도 있었다. 초등학교 3학년에 올라가면서 7명의 친구들이 더 입소를 했는데, 그중 4명의 친구들이 그런 아이들이었다.

한 명은 출생신고조차 되지 않아서 본인이 언제 어디서 태어났는지, 지금 나이가 몇 살인지도 제대로 알 수 없었다. 어느 날 어떤 사람이 버려진 아이를 시설에 데려왔으며 이 아이에 대한 정보는 하나도 모른다고 했다. 이 아이가 기억하는 나이와 생일을 가지고 동사무소에 신고를 했다.

또 다른 친구 2명은 쌍둥이인데, 남매였다. 쌍둥이들이 태어나자마자 그해에 어머니가 돌아가셨고, 아버지도 찾을 수 없는 상황이었다. 태어나자마자 입소하게 되어 수녀님께서 이 친구들의 이름을 지어주셨다.

사실 고모라도 있는 나는 이 친구들을 고모집에 함께 데려가고 싶었다. 나와 동생만이 고모집으로 가는 모습을 보는 친구들의 심정이 얼마나 아플지 조금 짐작이 되었기 때문이다. 수녀님의 반대로 함께 가진 못했지만, 매번 허락을 받으려 노력했다.

고모집에 가면 PC방에 가서 게임도 마음껏 할 수 있었고 맛있는 음식도 먹을 수 있었다. 고모의 친구 분들과 함께 캠핑도 가고 그분들의 아들들과 놀기도 했다.

고모집에서 부산으로 되돌아가야 하는 날이 되면, 고모와 작별인사를 하고 우리끼리 집을 나섰다. 시외버스를 타면 창문의 커튼 속으로 들어가 밖을 바라보며 아쉬움의 눈물을 흘렸다. 다시 부산으로 가서 어려운 생활을 하고 고모와 헤어져 지내야 한다는 점이 가슴을 몹시 후벼 팠다. 그때의 감정은 지금 다 이해하기에도 벅차다.

우리 고모도 우리와 마찬가지로 힘든 세월을 살아오셨다. 고모의 친언니인 큰고모는 가정형편이 매우 어려워 사촌형을 겨우 키우는 형편이었다. 20살까지는 큰고모 얼굴을 한두 번 정도 본 게 다였다. 고모의 동생인 아버지는 돌아가셨고 오빠인 큰아버지는 알콜중독자였기 때문에 늘 고모가 우리를 보살펴야 했었다.

고모의 또 다른 동생이었던 삼촌은 어릴 때부터 고모가 아들처럼 키웠다. 사실 나도 우리 가족의 가정사를 100% 다 알지 못한다. 워낙 많은 일들이 있었고, 굳이 내가 몰라도 되는 부분들은 고모가 이야기해 주지 않았기 때문이다. 하지만 지금까지 이야기한 것만 비추어 보아도 고모가 얼마나 힘드셨을지 가늠할 수 있다.

때론 다른 부모님과 다를 바 없이 우리를 꾸짖기도 하셨지만 늘 우리를 따스하게 감싸주었던 우리 고모에게 이 책을 빌려 고마운 마음을 전하고 싶다.

5
| 사춘기?! 난 오춘기! |

2004년 2월, 범일초등학교 졸업식 작은고모와 함께

때는 2004년 3월.

초등학교를 졸업하고 어느덧 중학교에 입학하였다.

부산에 온 지 9년째, 모든 게 익숙해지고 있던 그 시절.

교복을 입고 중학교에 입학했다. 여러 초등학교에서 진학한 아이들이 모여있었기에 모르는 친구들도 많았다. 우리의 담임선생님은 영어선생님이셨다. 그분과는 신기한 인연이 있다. 우리집의 젤 큰 형님의 담임선생님이기도 했던 것이다. 그래서인지 담임선생님은 우리집을 잘 이해하고 계셨다.

이때부터 나 역시 여느 청소년들이 겪는 사춘기를 피해 가지 못했다. 사춘기가 강하게 와 다소 반항적인 나였지만, 우리집을 잘 이해하고 계신 담임선생님의 따스한 배려가 있었기에 크게 엇나가지 않을 수 있었다.

에피소드1

덩치가 컸던 나는 교실에서 아이들과 싸움놀이를 하고, 교실 창문 앞에 은행나무 가지를 뜯고 창과 방패를 만들어 편을 먹는 등 교실을 난장판으로 만들어놓았다.

교실엔 앞문과 뒷문이 있었는데, 왕을 한 명 정하고 그 친구가 문 뒤에 숨어있고 그 팀에서 왕을 지켜내는 게임이었다. 상대편 왕을 문에서 꺼내고 눕히면 무조건 이기는 룰이었다. 격하게 하다 보니 교실의 문도 남아나질 않았다.

매 쉬는 시간마다 하다 보니 며칠 안에 문짝이 떨어져 혼이 났었다.

에피소드2

이유 없이 기분이 너무 침체되었던 날이 있었다. 사춘기 시절엔 그런 일이 참 많다. 우리를 혼내면서 종례시간을 질질 끄는 담임선생님이 너무 얄미웠다. 그래서 영어시간에 모나미 볼펜을 들고 양쪽 페이지를 빼곡히 색칠하기 시작했다.

단상 위에서 수업하고 있던 선생님은 수업은 안 듣고 색칠만 하고 있는 내게 다가오셨다. 그리고는 "지금 반항하는 거야?"라고 하시며 내 필통을 잡고 머리를 내리쳤다. 사춘기였던 나는 폭발하게 되었다. 생각 없이 "존나, 짜증나네!" 하고 뱉었다.

선생님은 종례를 마치고 방송실로 오라고 하셨고 나는 선생님과 긴 대화를 나눠야만 했다. 훗날 선생님께 죄송하다고 말씀드렸다. 그때 왜 그랬는지 정말 모르겠다. 사춘기가 그런 건가 싶다. 내 행동이 제어가 안 되던 시절이었다.

에피소드3

국어 과목은 국어실에서 따로 수업을 받았는데, 둥근 탁자에서 공부를 했다. 아이들과 동그랗게 모여 앉아있으니 장난도 많이 치고 더 떠들 수밖에 없는 구조였다. 항상 국어실에 가면 뭘 주고받고 하는 등 수업에 전념하기가 힘들었다.

어느 날 옆 조(옆 테이블)에서 시끄럽게 떠들었는데, 선생님이 엉뚱한 우리를 보고 엎드려뻗치라고 명하셨다. 억울했지만 말도 못하고 30분 넘게 벌을 섰다. 옆 자리 친구들이 깔깔 웃었다. 나는 그 모습을 참을 수가 없었다. 분명 우리가 떠들지 않았는데 이건 명백히 잘못된 일이었다. 30분이 지난 후 선생님께 항의했고 선생님은 똑바로 안 하냐고 다그치셨다.

나는 순간적으로 욱해서 앞에 있던 샤프를 탁자에 내리 찍었다. 탁자를 덮고 있던 유리가 쫙 깨지면서 순식간에 모든 이목이 나에게로 집중되었다. 결국 쉬는 시간 종이 울리자 국어선생님을 따라 교무실에 들어가야 했다.

“샤프로 내리 찍은 것도 제 잘못이고, 유리가 깨진 것도 제 잘못입니다. 그렇지만 재차 저의 이야기를 들어주지 않은 건 선생님이셨습니다. 저는 억울한 게 싫습니다. 합당한 벌은 받아야 하지만 이렇게 억울했던 적도 없었던 것 같습니다."

유리 값을 물어내라고 말하려던 선생님은 내 이야기를 듣고는 그냥 넘어가 주셨다. 이때의 경험은 지금까지도 내 가치관에 중요한 자리를 차지하고 있다. 잘못을 했을 때 벌을 받는 것은 당연하지만, 억울하게 누가 누명을 씌우거나, 벌이지 않은 일에 대해 벌을 받아야 할 때면 적극 항의해야 한다. 다른 사람들의 억울함을 풀어주는 것이 중요하다는 생각도 이때부터 시작됐다.

에피소드4

중학교 때는 한창 키가 크고 자라는 시기여서 집에서나 학교에서나 뭐든 많이 먹게 되었다. 집에서 먹는 아침과 저녁, 그리고 야식, 거기에 학교에서 먹는 점심때마다 늘 밥을 두 공기 이상 먹었다.

아이들 14명과 수녀님 3분까지 합하면 17명의 대가족이었기에 우리집의 냉장고와 부엌창고에는 먹을 것이 항상 꽉 차있었다. 나는 야식을 먹으면서 다음 날 학교에 가져갈 도시락도 준비했다. 집에서 아침, 저녁, 야식을 먹고, 학교에서 점심까지 해결하는데 무슨 도시락을 준비하느냐고?

그런 건 문제가 안 되었다. 한참 많이 먹을 때, 3교시가 끝나면 엄청 배가 고프기 마련이다. 매점에서 매번 사 먹는 것은 용돈으로 해결하기 힘들었다. 그래서 야식을 먹는 김에 다음 날 도시락을 준비할 때 간장밥, 김치볶음밥, 볶음우동, 삼각김밥, 제육볶음, 계란말이 등 집에 있는 재료와 그날 야식으로 먹고 남은 것들을 통째로 싸 갔던 것이다.

그렇게 3교시가 끝나면 아이들은 삼삼오오 모여 매점에

서 사온 것과 내 도시락을 함께 나누어 먹었다. 아이들이 잘 먹는 모습을 보면 매우 뿌듯했다. 나는 매일 즐거운 마음으로 도시락을 챙겨갔다. 한번은 수업시간에 먹다가 걸려서 호되게 혼난 적도 있었지만 말이다.

반년 넘게 도시락을 싸고 다니자, 사고만 치던 내가 아이들에게 밥을 해다 주는 푸근한 엄마의 이미지로 바뀌게 되었다. 지금도 아이들을 만나면 그때 도시락이 참 맛있었다고 이야기한다.

2006년 금성중학교 학예회, Backstreet Boys 의 "I want it that way" 열창

에피소드5

도시락을 싸고 다니면서도 사춘기는 계속되었다. 나는 사춘기가 정말 길었다. 덩치가 워낙 컸었기 때문에 별명은 '헐크'였다. 매번 아이들과 20대 1로 싸움놀이를 하곤 했다. 어느 날 싸움놀이를 하다 보니 공격을 잘 막는 내가 약 올랐는지 아이들이 장난으로 때리는 것이 아니라 진짜로 힘을 실어 때리기 시작했다. 나는 위협을 느끼면서도 20명의 아이들에게 고대로 당할 수밖에 없었다.

계속 속절없이 맞다 보니 위기감이 느껴졌다. 아이들에게 얕잡아 보일까 봐 두렵기도 했다. 길게 고민할 게 없었다. 어떡하지? 라는 생각을 하자마자 내 주변에 있던 물건 세 개를 아무거나 집어 냅다 교실 창문을 향해 던졌다.

'쨍그랑!'

순간 정적이 흐르면서 나를 때리던 아이들의 행동이 멈추었다. 다들 놀란 토끼 같은 얼굴로 나와 창문을 번갈아 바라보았다. 나는 이 상황을 벗어난 것에 대해 안도의 한숨을 내쉬었으나 곧이어 창문이 깨진 것에 대해 걱정이 되기 시작했다.

우리 교실은 교무실 바로 옆에 있었기 때문에, 창문이 깨지는 소리가 생생히 들렸을 것이다. 역시나 교감선생님이 바로 우리 교실로 오셨다. 그리고는 누가 봐도 유리 깬 사람처럼 보이는 나를 학생부장 선생님께 인도하였다. 나는 곧바로 학생부장 선생님께 불려가 혼부터 났고, 왜 그랬는지 일일이 설명하기 싫어 잠자코 있었다.

무슨 설명을 해도 유리를 깬 건 잘못이었고, 아이들과 싸움놀이를 하다가 격해졌다고 하더라도 선생님을 설득할 수는 없다고 생각했기 때문이다. 그렇게 나는 2주간의 봉사활동을 명받고 다음 날부터 아침 7시 반까지 등교하여 운동장 청소를 하게 되었다.

중학교 시절을 지금 생각해 보면 그간 쌓여왔던 울분과 사춘기가 겹쳐 집에서 풀 수 없었던 스트레스를 학교에서 해소했던 것 같다. 누구보다 사고도 많이 치던 나였지만, 그 시절의 일들은 마냥 어두운 시절로 기억되지만은 않는다.

이 자리에 다 전하지는 못했지만, 좋아하던 여 선생님이 가르치시던 사회를 열심히 공부해서 2년 동안 올백을 맞았던 일도 있었고, 십자수에 딱히 관심이 없는데도 불구하고 그 분이 가르치던 방과 후 십자수 수업에 열심히 참여하기도 하는 등 즐거운 일도 많았다.

내가 나로서 뿌리를 내리고, 더 깊고 단단하게 자랄 수 있도록 만들어준 중학생 시절. 그 시절이 없었다면 무슨 일을 벌였을지도 모른다. 실제로 이때 우리집에서는 가출하는 친구들도 있었고, 사고 치는 친구들도 많았다. 나는 스스로 내 마음을 다잡아야 했다. 덕분에 중학교 3학년 하반기에는 꽤 철이 들어 고등학교를 선택하는 데 있어 나름 많은 숙고를 할 수 있었다.

중학교 2학년이었던 2005년에는 안창마을을 벗어나 이사를 하게 되었다. 법이 제정되어 안창마을을 더 이상 시설로 사용할 수 없었기 때문이다우리는 독일 수녀님께서 10년 넘게 모은 큰돈과 후원금을 합하여 3층집으로 이사하였다. 다른 집들과 위화감이 느껴지지 않기를 바란 수녀님의 뜻대로 간판도 없었고 일반 가정집과 다를 바 없게 만들어진 집이었다. 그렇게 우리들은 새 보금자리에서 다시 시작하게 되었다.

에피소드6

중학교 시절 그룹홈에서 함께 지내면서 친동생과 많이 투닥거리기도 하였다. 함께 지내는 다른 동생들에게도 엄하게 대했다. 동생과 이 친구들이 공부도 더 잘했으면 좋겠고, 빨랫감을 제대로 정리하고 집안일도 멋지게 해냈으면 하는 바람이 컸다. 그동안 가출하거나 수녀님께 반항만 하는 형들을 많이 봐와서 더 그랬다. 마음은 그렇지 않았는데 조금 매정하게 대했던 것 같다. 하지만 함께 여행도 가고 하면서 친하게 지냈다. 나나 동생이나 똑같은 부모 밑에서 태어난 자식들이지만 과거의 상처로 마음 아팠을 동생을 생각하면 항상 마음이 쓰인다. 고등학교 졸업이후 지금까지 혼자 잘해내는 동생을 보면서 늘 고마움을 느낀다. 어린 시절 동생에게 항상 잘되길 바라는 마음에서 많이 혼냈던 일과 마음 아프게 했던 일들에 대해 굉장히 미안한 마음을 가지고 있다.

6

| 다사다난했던 진로선택 |

중학교 3학년인 2006년 7월 6일 내 생일날.

집에서 도시락을 싸면서 요리를 해보니 요리가 너무 재미있었다.

한참 유행했던 〈내 이름은 김삼순〉이라는 드라마도 한몫했던 것 같다.

호텔조리사가 되는 것이 꿈이 되었다.

생일날 수녀님께 조심스레 말했다.

"수녀님, 제가 요리가 너무 하고 싶습니다. 진짜 제대로 배워보고 싶습니다."

수녀님은 바로 대답하셨다.

"그래. 여러 가지 경험하면서 갈 길 찾아가는 거지."

그날로 당장 근처의 요리학원에 상담을 받으러 갔다.

학원에서는 현재 등록한 학생들 중 내가 제일 어리다고 했다. 일단 조리기능사 시험 필기부터 준비하고, 실기는 가장 쉬운 종목인 양식부터 시작해서 하나씩 따라고 권했다. 나는 빨리 칼을 잡고 요리가 하고 싶었다. 필기를 공부하면서도 옆 강의실에서 요리하는 사람들이 너무너무 부러웠다.

그렇게 한 달 넘게 필기 공부를 하고, 한국산업인력공단에 필기시험을 치러 갔다. 결과는 합격이었다. 늘 공부를 해왔던 중3이었기에 필기 공부는 어렵지 않게 해낼 수 있었다. 필기시험에 합격한 후, 바로 양식 실기시험을 위해 바라던 칼을 잡을 수 있었다.

첫날 배운 요리는 '포테이토 샐러드'였다. 시험에 합격하기 위해 하는 요리는 평소 집에서 하던 요리와는 조금 다르다. 요구사항이 있기 때문이다. 예를 들어, '감자는 껍질을 벗긴 후 1cm 정도의 정육면체로 썰어서 삶으시오. 양파는 곱게 다져 매운맛을 제거하시오. 파슬리는 다져서 사용하시오.' 등등의 사항을 정확히 지켜야 시험에 합격할 수 있다.

처음 제대로 배우는 요리라 실수투성이였다. 학원에서 주는 무를 이용하여 칼질 연습을 했다. 칼을 잡는 방법과 감을 익힌 후에 요리를 배우면 더 빠른 시간 내에 재료를 다듬을 수 있었다.

그렇게 두 달 동안 32가지의 요리를 배웠다. 레시피를 열심히 외웠다. 대망의 실기시험 날, 학원에서는 시험장이나 한번 구경하고 오라고 했다. 다음에 합격해도 좋으니 감만 익혀도 된다고 했다. 하지만 나는 생각이 달랐다. 아직 어리니까 시험에 합격하지 못할 거라는 선생님의 생각을 배반하고 싶었다.

그날 실기시험에는 '비프스튜'와 'BLT 샌드위치'가 과제로 나왔다. 첫 시험인 데다 무거운 시험장 분위기에 압도되어 재료를 씻고 있는데 손이 벌벌 떨고 있었다. 재료를 다듬어야 하는데 긴장한 나머지 팔이 굳고 피가 통하지 않는 느낌마저 들었다.

시간은 한정되어 있었다. 그 안에 제대로 된 작품을 완성해서 제출해야 했다. 침착하고 빠르게 요리를 이어나갔다. 내가 할 수 있는 최선을 다해서 1분을 남기고 요리를 제출하고 나왔다. 합격 여부를 떠나 제 시간 안에 제출할 수 있었다는 것만으로도 무척 기뻤다.

그렇게 2주의 시간이 흘러 대망의 발표날이 왔다. 컴퓨터를 키고 인적사항을 기입한 후 확인 버튼을 눌렀다. 두 손으로 모니터를 막은 후 심호흡을 하고 손을 천천히 내렸다.

결과는 '합격'이었다.

뛸 듯이 기뻤다. 수녀님께 달려가 합격 소식을 알렸다. 수녀님은 진심으로 축하한다며 내 손을 잡아주셨다.

다음 날 학원에 가서 합격소식을 이야기했고, 한 번 만에 합격했다는 말에 모두가 놀라워하는 모습을 보니 더 기분이 좋았다. 그만큼 어렵고 쉽게 합격하지 못하는 시험에 통과했다는 생각에 우쭐해졌다. 그렇게 중학교 3학년 때 양식조리사자격증을 취득할 수 있었다.

11월이 되면서 진학할 고등학교를 결정해야 하는 시기가 다가왔다. 나는 특목고인 기계공고, 특성화고인 조리고, 인문계인 금성고를 두고 고민에 고민을 거듭했다. 우리집에서는 당연히 인문계를 가야 한다는 눈치였다. 요리는 대학에 가서도 시작할 수 있고, 가고 싶은 진로가 중간에 바뀔 수도 있으니 무난하게 인문계에서 공부하면서 차차 길을 찾아가는 게 어떻겠냐고 하셨다.

대학을 염두에 둔 수녀님의 조언도 분명 일리가 있었다. 스스로 결정을 하기엔 어린 나이였던 나는 집에서 원하는 대로 인문계에 진학하기로 하였다.

하지만 곧바로 후회하게 되었다. 인문계를 진학하고 학기가 시작되었는데, 쉽사리 맘을 잡지 못했다. 요리를 하고 싶은 마음에 수업에 집중할 수가 없었다. 학교를 다니면서 야간자율학습을 하고, 밤 10시에 학원을 가서 새벽 1시에 돌아와 씻고, 새벽 2시에 잠들어 다시 다음 날 아침 7시에 일어나는 생활 속에서 내가 하고 싶은 것은 오직 '요리'뿐이었다.

결국 여름방학이 시작하고 얼마 되지 않았을 때 수녀님께 말했다. "수녀님, 아무래도 저 조리고로 전학 가고 싶습니다. 매일 학교에서 수업할 때도 조리고에 가고 싶다는 생각 때문에 공부가 안돼요.”

수녀님은 조리고등학교에 전화를 걸었고, 우선 방문하여 상담을 받아보라고 했다. 그날 수녀님과 함께 조리고등학교로 향했다.

조리고등학교에서는 현재 TO가 3자리 있다고 말했다. 하지만 10명이 넘는 대기인원이 있었다. 이 친구들 중에서 성적순대로 3명을 뽑아 2학기에 받아주게 된다. 나는 학교의 이곳저곳, 특히 실습실을 중점으로 전부 둘러보았다. 그러면서 여기에 꼭 전학을 와야겠다는 확신이 생겼다. 학교에 고등학교 1학년 1학기까지의 성적표를 제출하고 나왔다.

일주일 후, TO 한 자리가 나에게 주어졌다는 연락을 받았고, 곧장 현재 다니고 있는 인문계인 금성고등학교로 가서 담임선생님께 자퇴하겠노라고 말했다. 담임선생님은 일단 내가 조리고에 합격한 것을 축하해 주시면서 2학기 첫날에 등교해 친구들에게 인사라도 하고 떠나는 건 어떠냐고 하셨고, 나는 하루라도 빨리 조리고에 가고 싶어 그 제안을 사양했다.

그렇게 2학기가 시작하자마자 조리고로 등교를 했다. 싸이월드를 통해서 친구들에게 연락이 왔다.

“왜 학교 안 와?”

“응 나 전학 갔어, 인사 못 하고 가서 미안해 얘들아.”

지금 생각하면 조금 매정하게 느껴지기도 하지만 당시의 나의 열정은 그만큼 대단했다. 등교거리가 멀었지만 늘 학교생활이 즐거웠다.

그렇게 3년 동안 한식, 양식, 중식, 일식 자격증을 다 취득하게 되었고, 고등학교 3학년 때 졸업 작품 전시회를 멋지게 치러내면서 고등학교 생활을 성공적으로 마무리할 수 있었다.

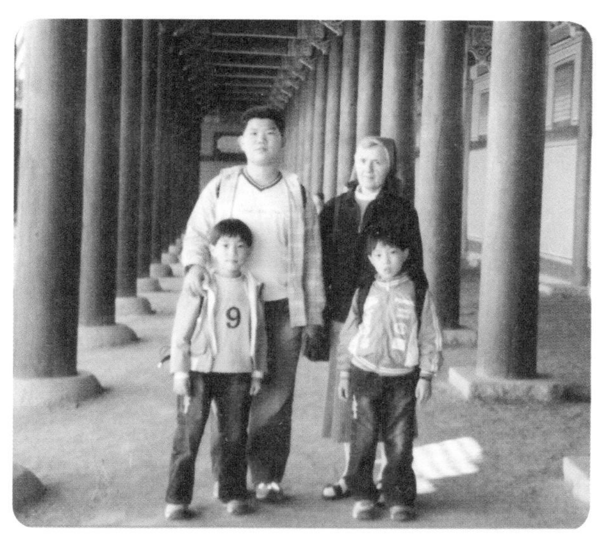

2004년 KTX 개통으로 처음 서울 나들이

제3장

해보기 전엔 절대 모른다

1

| 대학도 바뀌었어? |

먼저, 10년간 함께한 독일수녀님인 '루미네 수녀님'에 대해 소개를 하고 싶다.

루미네 수녀님은 1972년 언양 성당에서 봉사활동을 시작해 1979년 독일로 귀국하셨지만 한국의 천진난만한 아이들을 잊지 못해 1989년 다시 한국을 찾았다.

부산광역시 동구 사회복지관의 간호사였던 루미네 수녀님은 부산의 대표적 달동네이자 6.25전쟁 때 모여든 피란민들의 무허가 판자촌으로 형성된 부산 도심 오지인 안창마을을 알게 되었다.

수녀님은 이곳에서 허름한 판잣집을 구해 아이들을 가르쳤다. 세 살짜리 유아부터 초등학생까지 12명이 루미네 수녀님과 함께 먹고 자며 가족처럼 생활했다. 수녀님은 교사이자 엄마였다. 한국말도 매우 유창하게 잘하셨고 '빛(루미네)'을 뜻하는 '백광숙白光淑' 이라는 한국식 이름도 있으셨다.

2009년 남태평양 마샬제도로 선교활동을 떠나기 전까지 21년간 안창마을에서 공부방을 운영하며 아이들을 가르친 것뿐만 아니라 혼자 사는 노인, 장애인, 알코올 중독자 등을 지속적으로 도와주는 등 그 이름처럼 안창마을의 빛이 됐다.

내가 중학교에서 고등학교로 올라가면서 우리집도 많은 변화를 겪었다. 기존에 있었던 친구들이 저마다의 사정으로 떠나가기도 했고, 또 새로운 친구들이 들어오기도 했다. 한 차례의 이사도 겪었고 수녀님들 역시 3년에 한 번씩 발령을 받아 계속 바뀌곤 했다.

6살 때부터 16살까지 약 10년간, 독일 수녀님과 한국 수녀님들이 우리를 키워주셨다. 2008년 법령 개정으로 인해 안창마을에서 운영하는 시설이 불법으로 규정돼 더는 운영할 수 없게 되자 이사를 가게 되었고, 루미네 수녀님은 더 이상 원장으로 있을 수 없어 더 어려운 나라로 선교활동을 가시게 되었다.

그 후엔 내가 독립할 때까지 5년 동안 한국 수녀님 2명께서 번갈아 가며 우리를 키워주셨다. 한참 예민하고 고민 많을 학창시절에 내가 하고 싶은 것들을 최대한 지원해 주시고자 노력하신 수녀님들 덕분에 지금의 내가 있게 되었다 해도 과언이 아니다.

해보고 싶은 공부, 사고 싶은 것, 가보고 싶은 곳들을 다 경험할 수 있도록 최대한 도와주셨다. 나도 동생들에게 공부도 가르쳐 주고 함께 여행도 가고 하면서 제일 큰 오빠, 형 노릇을 톡톡히 해내었다.

그렇게 시간이 흘러 어느덧 고3이 되었다.

고3의 최대 숙제는 대학문제가 아닌가 싶다. 대한민국의 수많은 대학들 중에 내가 어디를 가야 할지, 더불어 어떤 공부를 전공하여 미래로 나아가야 할지 고민이 안 될 수가 없다.

조리고를 다니던 나는 고등학교 3학년 2학기가 되자 등교하는 대신 실습을 나가게 되었다. 평일에는 광안리 수제버거집, 주말에는 창원에 있는 모 호텔에서 조리사로 일했다. 호텔조리사가 꿈이었기에 조리고를 진학하였는데, 실제로 현장에서 경험해 보니 내가 생각하던 모습하고는 180도 달랐다. 호텔조리사의 길은 멀고도 험한 일이었다.

하지만 그런 경험들이 대학을 결정하는 데 있어서 도움이 되었던 것 같다. 조리만 배우는 학과보다 발을 넓혀 영양, 경영, 마케팅을 함께 배울 수 있는 학과로 진학하고 싶어졌다.

원서를 넣을 때가 되자 수녀님은 우리나라에서 조리에 관한 한 최고의 학교는 '우송대학교'가 아니냐며 여기로 가길 바라셨다.

나도 그곳에 가고 싶었다. 우송대는 외식조리학부와 외식조리

영양학부로 학과가 나뉘어져 있었는데 나는 외식조리영양학부를 지원했다. 물론 염두해 둔 다른 대학교에도 함께 지원서를 넣었다.

2010년 2월이 되던 해, 14년 넘게 정든 '우리들의 집' 그룹홈을 떠나게 되었다. 나는 무사히 우송대학교에 합격하여 침착하게 짐을 싸고 택배로 자취할 곳에 짐을 보냈다. 그렇게 14년 동안의 시설 생활을 마무리했다.

독립을 하고 대전에서 첫 자취생활을 시작하면서 내 삶의 새로운 장이 펼쳐지게 되었다.

함께 학교생활을 하게 될 동기들과 빠르게 친해지면서 정말 실컷 놀았다. 그룹홈에서 겪어보지 못한 새로운 자유를 더 격하게 반겼던 것 같기도 하다. 학교 행사에도 참여하고 선배들과 함께하는 술자리나 동아리 활동, 동기들과 하는 여행 등 거의 모든 방면으로 다 놀아본 것 같다. 어떤 친구의 자취방은 아지트가 되어서 매일 같이 드나들며 피자를 하도 시켜먹어서 박스가 천장까지 닿게 되었다.

일반사람들이 향후 5년 동안 '100'을 논다고 본다면, 나는 반년 동안 '120'을 놀았던 것 같다. 그만큼 몇 년 동안 놀지 않아도 후회가 없을 만큼 놀았다. 매번 다른 친구의 자취방을 돌아다니느라 늘 이불이 바뀌었다.

1학년 때부터 열심히 공부하며 준비를 해야 취업에 성공할 수 있다고 말하는 요즘이지만, 꼭 그렇지만은 않다고 생각한다. 나는 학교를 자퇴하기 전까지 실컷 놀아본 경험이 있었기에 그 후 새롭게 진학한 학교에서 공부나 다른 활동에 더 몰두할 수 있었던 것 같다.

TV예능에 나오는 연예인들 중 어릴 때부터 활동했던 사람들이 아쉽다고 하는 말 중 하나가 대학교 캠퍼스 생활을 하지 못한 것이라 한다. 나 역시 살아감에 있어서 많은 종류의 경험을 해보는 것이 도움이 된다고 믿기 때문에 공부 외적으로도 다양한 캠퍼스 생활을 하는 것을 추천한다.

실컷 노는 것은 좋았지만, 배우는 공부는 생각보다 재미가 없었다. 조리고에서 다 배운 요리를 다시 처음부터 시작했기 때문에 시간낭비라 생각되기도 했고, 조리고 출신이니 엄청 요리를 잘할 것이라고 생각하는 교수님과 학생들의 눈도 부담스러웠다.

내 학과에서 배우는 내용이 조리와 영양에 국한되어 있었기 때문에 경영과 마케팅, 외식산업을 전반적으로 공부하려면 다시 학교를 선택할 수밖에 없었다.

그렇게 나는 몇날 며칠의 고민 끝에 학과 교수님과 상의하여 자퇴를 결심하게 되었다. 그리고 곧바로 동아대학교 관광경영학과에 수시 원서를 넣었다.

나는 항상 '한번 결정을 내리면 그것이 무조건 옳은 선택'이라고 여기고 밀고 나간 적은 없었던 것 같다. 선택을 내리고 그 길을 걷다가도 내가 걷고 싶지 않은 길임을 깨닫거나 어울리지 않은 옷을 입었다고 판단하면 과감하게 방향을 틀었다.

중, 고등학교 때는 나의 결정을 도와주는 수녀님이 계셨지만, 이제 어른이 되었으니 내 진로는 내가 책임져야 했다. 나 스스로 결정하고 그 결정에 대한 책임을 지며 후회가 있다면 온전히 내가 감당해야 했다.

고등학교도 바뀌고, 대학교도 바뀌게 되는 경험으로 인해 생각이 깊어지게 되었다. 무엇보다 내 인생은 '내가 주도하는 삶'으로 살아야 한다는 생각이 자리 잡게 되었다. 누군가에 의해 강요된 길이 아닌, 내가 직접 경험하고 아니다 싶으면 변경할 수 있는 삶. 남들하고 비교해서 가는 길이 아니라 나의 속도에 맞게 걸어가는 삶을 시작하게 된 것이다.

2

| 자립을 위한 고군분투기 |

2010년 2월, 부산조리고등학교 졸업식 날, 담임 정대영선생님과 함께

사실 시설에 있는 동안엔 일정 부분 보호를 받기 때문에 가출을 하지 않는 이상 고등학교까지 무난하게 마칠 수 있다.

문제는 시설에서 독립한 뒤이다. 시설에서 독립하고 나면 세상에 나와야 하는데, 시설이라는 보호막이 사라지면서 진짜 인생이 시작된다. 필자가 이 책을 쓴 이유도 독립하고 나서 어떻게 살아가야 할지 막막한 친구들에게 도움이 되고 싶어서이다.

20살이 되어서 2월에 고등학교를 졸업하면 3월에 대학에 입학하기까지 2~3주의 시간이 있다. 이때 보통 독립준비와 입학준비를 함께하면서 다가올 이별을 준비하게 된다.

인생에서 가장 소중한 시절을 시설에서 보내서 그런지 대문 밖을 나서는데 눈물이 왈칵 쏟아졌다. 힘들었지만 정이 많이 들었나 보다. 남들과는 다른 환경 속에서 학교를 통학했기에 이질감이 들었던 것도 사실이다. 하지만 어쨌든 내 유년기와 청소년기를 지켜준 곳이 아니던가.

이젠 누구나 진학하는 대학교라는 곳에서 새로운 삶을 시작하게 되었다. 모든 것을 스스로 해내야 하는 시기가 왔다.

독립 후 대전에서 반년을 지내고, 다시 대전을 떠나 부산으로 내려왔다. 오랜 기간 부산에 살았기 때문에 다른 곳에서 머물 수도 없었지만 이상하게 부산이 끌렸다. 편히 기댈 수 있는 사람들이 부산에 있어서인지도 모르겠다.

옛날에 시설에 살면서는 매달 '한마음회' 모임을 갔었다. 이 모임은 사회복지법인 로사리오 카리타스의 아동, 청소년지원사업 중의 하나로, 천주교 부산교구 내 아동 및 부산 내 그룹홈을 대상으로 다양한 정서 지원 및 체험활동을 하는 모임이다. 도움을 주는 자원봉사자들을 '이모', '삼촌'이라 부르고, 아이들은 '조카'라고 하며 가족 같은 분위기의 모임을 이어가고 있다. 매달 모임을 실시하고 있으며, 여름과 겨울에는 캠프도 간다.

이 모임은 1996년을 시작으로 23년 이상의 역사를 가지고 있다. 나 역시 1997년부터 함께 사는 친구들과 함께 이 모임에 나가게 되었다.

부산에 내려오니 지낼 곳이 마땅치 않았기에 '한마음회' 삼촌에게 부탁을 드렸고, 약 1주일간 삼촌집에서 머무르게 되었다. 그동안 '한마음회'의 이모, 삼촌 간의 MT가 있었는데, 이때 졸업생 자격으로 참여하게 되었다. 삼촌 집에 머무르면서 집을 구하고 있다고 하니 다른 삼촌이 본인도 집을 구하고 있다고 하시면서 함께 살자고 제안하셨다. 나는 그분과 보증금을 반반 부담하여 수월하게 집을 구할 수 있었다.

이때의 내가 낸 보증금은 시설을 독립하고 난 후 모든 아이들이 받는 '정착지원금'이다. 정착지원금은 지자체마다 다른데 보통 300~500만 원 정도를 제공하고 있다. 대부분의 아이들이 정착지원금을 대학 첫 학기 등록금으로 사용하는 경우가 많은데, 나는 고등학교 성적이 좋아서 입학 시 성적장학금을 받았고 한

국장학재단의 국가장학금도 받고 있었기에 지원금을 저축해 두었다가 보증금으로 쓰게 된 것이다.

집을 구하고 전입신고를 하면서 사회복지담당자와 면담을 했다. 자퇴를 하고 내년에 학교를 다시 갈 생각이라 하니, 6개월 동안은 대학생 신분이 아니기 때문에 기초생활수급자 자격 중지가 될 수 있다고 말씀하셨다.

그러면서 '자활근로'를 추천해 주셨고, 다른 행정복지센터(구 동사무소)에서 인턴처럼 사무보조 업무를 보게 되면 월급을 받으면서 자격을 유지할 수 있다고 하셨다. 그렇게 나는 9월 1일부터 충무동 주민센터(현 행정복지센터)로 출근하게 되었다.

그렇게 일을 하다 보니 어느덧 수시 2차 모집 시기가 다가왔다.

나는 꼭 가고 싶었던 동아대학교 관광경영학과 딱 한군데만을 지원했다. 입학사정관제도 중 전문계고 전형은 야간으로만 지원을 받았다. 나 역시 주간에는 일을 하며 학교를 다녀야 했기 때문에 알맞은 선택이라 생각하고 야간으로 원서를 넣었다.

합격하지 못했으면 또 1년을 허송세월 할 뻔했는데, 다행히 바로 합격하여 꿈에 그리던 동아대학교에 입학하게 되었다.

근무지와 학교 캠퍼스는 걸어서 10~15분 거리였다. 때문에 퇴근 후 바로바로 수업에 갈 수 있었고, 함께 근무하던 주무관과 동장님의 배려로 낮에 수업이 있는 경우에는 일찍 퇴근을 할 수 있었다. 이 자리를 빌어 부산광역시 서구청 소속 송은경 주무관님, 이광일 주무관님, 김민지 주무관님께 감사의 인사를 드리고 싶다.

지금도 국가장학금 제도가 있다. 시설에서 독립하고 대학에 진학하는 경우라면 꼭 국가장학금부터 신청을 하길 바란다. 시설에 있는 기간 동안엔 국가에서 '기초생활수급자' 생계비와 기타 수당을 제공하는데, 시설에서는 이 돈과 후원금으로 시설을 운영하게 된다. 독립하고 나서 대학생 신분이 되어도 기초생활수급자 자격은 그대로 유지된다.

독립 후 다른 곳으로 주소를 이전하게 되면, 꼭 그 주소지 관할 행정복지센터(구 동사무소)에 방문해서 전입신고를 하고 사회복지담당자와 상의하라. 대학을 다니는 동안 국가에서 지속적인 생계비와 주거급여 등을 지원받을 수 있다.

또한 기초생활수급자 자격이 유지되면 국가장학금과 근로장학금 대상자로도 비교적 수월하게 선정될 수 있다. 학비를 충당하면서 시급이 높은 근로장학생으로 일을 할 수 있게 되는 것이다.

동아대학교를 입학할 때에도 국가장학금을 받을 수 있었다. 국가장학금과 성적장학금을 받으니 학비 걱정 없이 학교를 다닐 수 있었다. 그리고 곧바로 국가근로장학금을 신청하여 학교에서 연계해 주는 어려운 가정집의 아동들에게 '과외'를 하면서 시급 8,000원을 받을 수 있었다.

이렇게 나는 학교 공부, 주민센터 출근, 근로장학생까지 여러 가지 직무를 책임지면서 학교를 다녔다.

학교를 자퇴하고 다시 입학하게 되니 정신이 번쩍 들었다. 더 이상 물러설 곳이 없었고, 이젠 여기서 승부를 봐야 한다는 생각뿐이었기 때문에 과하다고 생각될 정도로 열심히 공부하고 돈을 벌었다.

어떤 큰일이 생길지 모르기에 여윳돈을 항상 마련해 두어야 했고, 공부 또한 소홀히 할 수 없었다. 캠퍼스 활동의 꽃인 동아리와 학회활동은 아예 포기했다. 우송대학교를 다닐 때에 비하면 동기 친구들과 함께 술을 마실 수 있는 기회가 대폭 줄었다.

그렇게 두 번째로 맞이한 대학교 1학년 생활은 내게 주어진 일만 해내는 데에도 벅찬 1년이었다. 수업을 듣고, 일을 하고, 또 일을 하면서 시간을 보냈다. 잠깐 떠났던 부산에 다시 정착하게 되는 한 해였다.

3
| 관심과 사랑을 되돌려 주기 위한 활동 |

2013년 1월, 1박2일 한마음회 캠프 통영에서

독립하고 난 후 약 1년 동안 가야할 대학교를 다시 고민하고 선택하면서 많은 일들이 있었다. 이때 물심양면으로 큰 도움이 되었던 곳이 바로 '한마음회'이다.

독립하고 20살이 되면 어른이 된 내가 동생들에게 도움을 주어야 마땅하지만, 내 코가 석자다 보니 1년간은 외려 지속적으로 도움을 받을 수밖에 없는 신세였다. 준비 없이 바로 세상에 발을 디뎠기 때문에 스스로 자립하기까지 많은 노력과 시간이 필요했다. 살아가는 모든 부분에 있어 스스로 해나가는 것이 쉽지 않았다. 시설에서 독립하게 된 친구들이 자립한 뒤에도 물질적인 도움 이외로 정서적으로 기댈 수 있는 도움도 제공한다면 좋지 않을까 생각한다.

나는 21살이 되던 해에 졸업생 자격으로 한마음회에 나가게 되었고, 학창시절에 계속 나갔던 모임이었기 때문에 그때 함께 했던 친구들을 그대로 만날 수 있었다. 하지만 아직 나이가 어린 이들도 있었기에 조카와 졸업생이라는 다소 애매한 사이가 되었다. 논의 끝에 졸업생은 곧바로 이모, 삼촌으로 변경하게 되었고, 나는 원래 7조의 조카였지만, 4조의 삼촌이 되었다.

기분이 남달랐다. 조카였을 때는 항상 받는 입장이었기 때문에 늘 뛰어다니고, 놀고, 먹기만 했다면 삼촌으로 들어오고 나서부터는 아이들을 챙기고, 밥 잘 먹는지 확인하고, 놀아주어야 했다.

모임이 끝나면 이모, 삼촌들은 모여서 따로 회의를 하였고 각 조의 조카들 중에 문제를 가진 이는 없는지, 특이사항이 있다면 어떤 것인지 등등을 의논하며 함께 해결하기 위해 머리를 맞대었다.

실제로 가출을 한 학생이 찾아와서 갈 곳이 없다고 호소를 한 일도 있었는데, 그 학생에게 도움을 줄 수 있는 방법을 생각해 보는 등 단순한 모임을 넘어 중대한 사안에 실질적인 도움을 줄 수 있도록 노력하였다.

그뿐만 아니라 체육대회, 요리하기, 편지쓰기, 조별 대항전 게임 등 다양한 아이디어를 내어 어떻게 하면 조카들과 함께 즐거운 시간 보낼 수 있을지에 대한 고민도 했다.

여름에는 2박 3일, 겨울에는 1박 2일 또는 2박 3일의 캠프를 가는데, 몇 달 전부터 캠프 기획에 대해서 준비를 할 정도였다. 생각해 보면 이모, 삼촌의 자리는 조카에 대한 애정이 없으면 유지하는 것 자체가 힘든 벼슬(?)이었다. 매달 모임이 일요일이었기 때문에 대학생 또는 직장인 신분으로서 가장 소중한 주말을 반납해야 했고, 다음 모임을 준비하고 캠프를 기획하는 과정에서 주말 외에도 종종 모여 답사를 다녀와야 했기에 정말 조카들을 사랑하는 마음이 아니라면 쉽지 않았을 일이다.

나 역시 나를 돌봐주신 우리 이모, 삼촌들에게 고마움 마음을 전하고 싶다.

모임이 원활하게 지속되려면 서로 간의 단합이 매우 중요했기에 조카들과 다녀온 캠프가 끝나면 '피정'의 성격으로 다시 친목도모의 시간을 가진다. 이를 통해 결속력을 다지고 아이들과 함께할 수 있는 에너지를 재충전한다. 나는 2011~12년 동안 '삼촌'으로 지내면서 한 달에 한 번 일요일은 조카들과 함께 시간을 보냈다.

매년 11월 모임이 끝난 후엔 차기 회장단을 선출하게 된다. 회장과 부회장 2명, 총무 1명을 뽑게 되는데 이들은 차년도에 회장단으로서 주도적으로 한마음회를 이끌게 된다. 한마디로 조카들을 위해 더 많이 희생하는 자리이다.

96년부터 시작하여 13년도까지 약 17년 이상 선출된 회장단이 잘 이끌어왔는데, 13년도에는 유난히 마땅한 사람이 보이지 않았다. 나밖에 할 사람이 없다고 다른 이모, 삼촌들이 눈치를 주기 시작했다. 나는 23살의 어린 나이이기도 했고, 잘 해낼 자신이 없었지만 일단 맡게 된다면 열심히 할 각오는 다지고 있었다. 그렇게 투표를 하고, 역대 조카 출신으로 처음 한마음회의 회장을 맡게 되었다.

사실 13년도는 다른 대외활동을 하고 있는 것이 많아서 잘 해낼 수 있을까 걱정부터 앞섰다. 그래도 조카들을 위해 최우선순위를 한마음회 활동으로 두고 열심히 해나가려고 다짐하였다.

의욕이 많이 앞섰다. 우선 조 편성을 다시 하였다. 12년도 이후 크고 작은 사고로 인하여 몇몇 그룹홈들이 아이들을 모임에 보내지 않아 조카들의 숫자가 많이 줄어든 상태였다. 그래서 기존의 조를 다시 재편성하여 다시 조를 짜게 되었다.

그러면서 13년도 계획을 새로 짜고 회장으로서의 의견을 개진하였다. 어떻게 하면 조카들을 위해 한마음을 운영할 수 있을지에 대한 고민이 많았다. 오랜 시간 공들여 의논하며 내가 조카였을 때 기존에 있었던 부분들 중 과감하게 개선했으면 하는 바람을 그대로 실천하려고 노력했다.

그해 1월의 겨울캠프는 거제도와 통영으로 정해 60명의 조카들과 함께 가게 되었고, 철저한 준비로 재밌는 시간을 보내게 되었다. 그 뒤로 2월부터 11월까지 다채로운 월 모임과 캠프를 열어 성공적인 회장단 생활을 끝까지 이루어낼 수 있었다.

회장을 지낸 이후에는 점점 더 생활이 바빠져 더 이상 한마음회와 함께할 수 없었다. 지금은 발길이 닿지 않지만 멀리서라도 마음으로 열심히 응원하고 있다.

한마음회는 소년소녀가장으로 살아오며 받은 관심과 사랑, 그리고 배려와 지원을 다시 되돌려 주고 싶은 마음에 자처하여 시작하게 된 봉사활동이다. 그동안 많은 도움을 받아 어엿한 성인이 된 내가 이제는 다른 소년소녀가장의 멘토가 되어 혼자 세상에 나올 아이들을 위해 봉사하고 싶었다. 그 외중에 나 또한 세상과 동화되는 방법을 배웠고 희망과 긍정이 무엇인지 알게 되었다.

여기서 만난 친구들의 공통적인 문제가 바로 '자립'의 문제였다.

나도 이미 겪은 문제였기 때문에 남일 같지 않다. 이 책을 집필하는 이유가 여기에 있다. 그룹홈, 양육시설, 고아원 출신의 친구들에게 도움이 되었으면 하는 바람을 적어본다.

4

| 스스로 이뤄낸 대외활동 이야기 |

그룹홈에서 지내면서 해외에 갈 기회는 두세 번 정도 있었지만, 실제로는 한 번만 다녀왔다. 중학생 때 어린이재단의 후원으로 일본 도쿄에 2박 3일 다녀온 게 전부다. 고등학교 때도 미국에 갈 기회가 있었으나 일본을 다녀왔다는 이유로 다른 친구에게 기회가 돌아갔다.

고등학교에 진학하면서 필리핀에 간다는 이야기가 몇 년 동안 흘러나왔다. 매년 기다렸지만 기회는 오지 않았다. 그렇게 해외여행에 대한 꿈만 품은 채 자립을 하게 되었다.

동아대학교에 입학하면서 자신과 한 약속이 있다. 매 여름, 겨울엔 해외를 꼭 나가기로 한 것이다. 묵혀왔던 오랜 숙원을 이루고 싶었다. 열심히 저축을 하면서 방학을 기다렸고, 21살 되던 해의 여름방학, 첫 여행지로 '태국'을 선택하였다.

태국은 배낭여행객의 성지이기도 하고, 모든 여행의 입문자들이 처음 여행을 시작할 때 많이 선택하는 나라이다. 또한 물가가 저렴하여 비교적 경비가 덜 들기도 한다.

첫 여행은 패키지로 갔다. 처음부터 혼자 배낭여행을 하기엔 부담스러웠기 때문이다. 나름 여러 상품을 비교해 보고 판단해서 가격대가 가장 괜찮은 상품을 골랐다. 첫 번째 여행 메이트는 그룹홈에서 함께 지낸 동갑내기 친구로, 함께 가보지 않겠냐는 내 제안에 흔쾌히 승낙하여 같이 떠나게 되었다.

20살에 어렵게 자퇴하고, 일을 병행하는 와중에 새 학교에서 이제 한 학기를 마친 마당에 무슨 사치냐고 생각할 수도 있다.

하지만 여행은 꼭 여유가 있을 때만 가야 한다고 생각하지 않는다. 20대 초반인 우리에게 여행은 다른 무수한 교육과 마찬가지로 피와 살이 되는 경험이다. 그것을 위해서만이라도 충분히 돈을 모아 여행을 떠날 가치가 있다.

월, 화, 수, 목, 금, 토, 일요일까지 학교, 일, 봉사활동만 하다가 4박 6일의 여행 계획을 잡게 되었다. 이렇게라도 다녀오지 않았으면 분명히 빨리 지쳤을 것이다. 나중에 느낀 사실이지만 여행을 한번 다녀오고 나서 또다시 다음 여행을 계획하면 그것을 위해 즐겁게 일하는 내 모습이 좋아진다. 삶의 원동력이 되는 것이다.

패키지는 여권과 간단한 의복 외에 달리 준비할 게 없었다. 그렇게 우리는 첫 해외여행을 가게 되었다. 물론 인생에선 두 번째 여행이지만, 스스로 가게 된 건 이번이 처음이었기 때문에 첫 해외여행이라고 칭하고 싶다.

태국에 도착하여 함께 여행할 사람들과 만나 인사를 나누고 차에 탑승하였다. 그렇게 4박 6일 동안 방콕, 파타야의 유명 관광명소들을 돌아다녔다.

틈틈이 사람들과 함께 저녁마다 친목도모를 다졌다. 모든 게 새로웠고 너무 신기하기만 했다. 주변이 변화하니 생각도 변화했다. 세상은 넓고 가볼 곳은 너무나 많다는 것을 알게 된 첫 해외여행이었다.

이 여행에 있어 내가 얻은 가장 값진 선물은 사람이 얼마나 중요한지 알게 되었다는 것이다. 여행을 다녀온 후에도 함께 여행했던 형, 누나의 집에 초대되어 친목의 시간을 보내었고, 서울 갈 일이 있을 때에도 들러서 얼굴을 마주하며 맥주를 한잔한다. 지금까지도 그들은 나에게 단체 여행객을 많이 소개해 주어 실질적인 도움이 톡톡히 되고 있다.

돌이켜 보면 내가 낸 여행경비와 비교가 될 수 없을 정도로 짧은 시기에 많은 것을 얻었다.

만약 그때 '내 처지에 해외여행은 무리'라고 생각하고 떠나지 않았다면 이 모든 것을 얻지 못했을 것이다. 물론 성격 자체가 언제 어디서든 사람에 대한 낯을 많이 가리지 않는 편이라 사람들이랑 금방 친해질 수 있었겠지만, 그때 깨달은 것을 더 늦게 알게 되었으리라.

여행을 다녀오니 2학기가 시작되었고, 나는 겨울에 또 여행을 갈 목표를 세우기 시작했다. 하지만 시간적인 여유가 없었기 때문에 실질적으로 항공권을 발권한다든지 여행지를 조사하는 일은 미루고 있었다.

11월 즈음이 되어 어느 날 학교 홈페이지 공지사항을 보는데 대학사회봉사협의회(정부사업 위탁운영기관)에서 월드프렌즈 동계 단기 23기 해외봉사단원을 모집하고 있었다.

공고문을 읽기만 했는데도 가슴이 두근두근거렸다.

학교 행정실(학생복지과)에 참가의사를 전하여 담당 선생님과 가벼운 면접을 보았다. 학교에서 나를 중앙에 추천해서 한 번 더 심사한 후 선발하는 방식이라고 했다. 네팔을 비롯하여 약 15개국에서 단원들을 모집한단다.

나는 평생 가기 어려울 네팔을 지원하기로 마음먹었고, 설레는 마음으로 자기소개서를 작성하기 시작했다.

한참 기말고사 기간이었기 때문에 열람실에서 공부해 가며 자기소개서를 작성했다. 행정실에 제출하면서 담당 선생님과 간단한 면접을 보았고, 나는 해외봉사활동은 처음이지만 잘 해낼 수 있다는 자신감을 내비쳤다. 선생님은 나를 중앙에 추천해 주셨다.

그러고 나서 2주일 뒤, 중앙에서 최종 합격했다는 소식을 전했다. 담당 선생님은 나에게 합격을 알리며 3박 4일간의 소양교육에 반드시 참석해야 한다는 공문과 일정표를 함께 전달해 주셨다.

뛸 듯이 기뻤다. 따로 돈을 지불하지 않고도 네팔로 여행을 갈 수 있게 된 것이다. 이번엔 또 어떤 사람들과 어떤 경험을 할까? 모든 것이 딱딱 떨어지는 운명처럼 느껴졌다. 설레는 마음을 안고 용인에 위치한 인재개발원으로 소양교육을 받으러 갔다. 그곳에서 함께 네팔로 떠나게 될 단원들을 만날 수 있었다. 단원들은 서로 다른 환경을 가지고 전국 각지에서 모인 아이들이었다. 20년간 생면부지였던 우리들이 같은 팀을 이루게 된 것이다. 살면서 동네친구와 대학교에서 만난 학과 동기들 외에는 다른 지역에 있는 비슷한 또래의 친구들을 만날 일이 없었던 나에게는 신선한 경험이었다.

나는 이때까지만 해도 대학을 졸업하고 취업하는 것만이 삶의 유일한 방식이라고 생각하고 있었다. 내 주변 친구들도 전부 그랬기 때문이다. 하지만 이렇게 많은 친구들을 만나 사귀게 되면서 점차 그 외의 삶이 존재한다는 생각이 들기 시작했다. 한마디로 시야가 트였다.

모든 정보는 서울에서 가장 많이 얻을 수 있다는 말이 있다.

지방에서 사는 사람들은 아무래도 정보를 얻는 게 느리다. 인터넷을 통한 정보는 언제든지 구할 수 있지만, 정말 좋은 정보를 주변에서 바로 듣는 것과는 다르다. 수많은 정보 중에 좋은 정보들을 걸러서 추천해 줄 수 있는 친구들이 주변에 많으면 많을수록 좋다. 주변에 좋은 정보를 줄 사람이 없으면 정보를 찾을 일도 없을 테고 이는 좋은 혜택을 누릴 수 없음을 뜻한다.

그렇기에 이런 대외활동은 대학생활을 하면서 정말 소중한 인연과 정보를 얻을 수 있는 고마운 활동이다. 대학생이라면 이런 활동을 1년에 한 번 정도는 꼭 해보는 것을 추천한다. 스펙을 위해서라기보다는 경험을 비롯해 느낄 수 있는 것이 많다.

단원들과 3박 4일의 소양교육을 마치고 약 2달간 네팔에 갈 준비를 하였다. 건강교육, 문화교육, 체육교육 등 다양한 교육을 준비하였고, 가서 직접 요리를 해 먹어야 했기 때문에 식단을 짜고 식자재 구매 리스트를 만들었다. 나는 이번 프로젝트에서 셰프의 역할을 맡아서 2주 동안 20명의 단원들의 배고픔을 책임져야 했다.

또한 네팔에 가서 현지인들과 함께 김치를 담글 예정이었기에, 김치를 담을 식재료도 준비했다. 일과 병행하여 출국 준비도 하였고 주민센터에도 양해를 구하여 휴가계를 내고 동장님의 흔쾌한 수락을 받아냈다. 출국 전까지 서울에 두 번 왔다 갔다 하면서 준비를 도왔고, 그 과정에서 단원들과 더욱더 가까워졌다.

모든 준비를 마치고 출국의 날이 밝았다. 개인 짐을 제외하고도 공통짐이 30박스가 넘었다. 30박스 안에 들어가 있는 물건들을 리스트에 적고 테이핑하면서 헷갈릴까 봐 각 박스에 번호를 붙여 어떤 물건이 들어가 있는지까지도 일일이 체크했다.

마침내 대망의 여행이 시작되었다.

두근거리는 마음을 안고 비행기에 올랐다. 비행 내내 들뜬 마음이 가라앉지 않았다. 약 7시간의 비행 후 네팔의 카트만두에 내렸다. 거기서 7시간을 더 운전하여 치트완 마을에 도착했다. 우리가 머물 곳은 마을회관으로 거의 아무것도 갖춰지지 않은 빈 건물이었다.

우리는 2주 동안 이 마을에 머물게 된다. 시멘트 바닥에서 침낭을 덮고 잤으며, 물탱크에 모인 물을 20명이 조금씩 나눠서 썼다. 물이 늘 귀했기에 머리를 3일에 한 번씩 감았다. 평소에는 물티슈로 몸을 닦았다.

20분 떨어진 마을의 초등학교에서 준비해 온 건강, 문화, 체육 교육 등을 하였고, 마을 주민들과 함께 김치를 담그는 활동도 하였다.

네팔 치트완 마을에서 초등학교 친구들과 함께

뿌듯한 봉사가 끝난 후에는 네팔의 행사장으로 이동해 네팔의 대통령을 잠시나마 만날 수 있는 영광도 얻었다. 이런 경험이 아니라면 언제 내가 한 국가의 대통령을 볼 수 있었을까 하는 생각에 무척이나 고무되었다. 행사장을 빠져나와 이틀 정도는 포카라 관광도 하고 에베레스트 등산도 했다. 산의 정기를 받는다는 생각에 기분이 상쾌해졌다.

2주 동안 단원들 간의 다툼도 있었고, 환경이 열악하여 준비해 간 것들을 다 하지 못한 아쉬움도 있었다. 정든 네팔 친구들과의 이별도 슬프게 다가왔다. 하지만 결론적으로 매일매일 온갖 감정을 느낄 수 있었던 다채로운 여행이었다.

어떤 일에 몰두하여 열정을 가지고 일했던 것이 참 오랜만이었다. 내가 좋아하는 일이었기 때문이다. 내가 좋아하는 일을 하면 어떤 일이라도 즐겁게 해낼 수 있다.

나는 팀의 막내였기 때문에 형, 누나들의 이쁨을 더 많이 받았고, 실수를 해도 괜찮다고 배려를 받았다. 그저 고마울 뿐이다.

14일 동안 내가 맡은 일을 하면서 많은 것들을 배웠다. 2주 동안 단원들의 세 끼를 매일 챙기는 것이 쉽지는 않았다. 네팔은 재료 공급이 어려워서 식단을 짜는 것이 항상 고민이었다.

매 순간을 최선을 다했던 것 같다. 고등학교 이후로 칼을 잡을 일이 잘 없었는데 이번 활동을 통해 실컷 잡을 수 있어 너무 행복했다.

같은 대상을 바라보아도, 아는 것이 많을수록 많은 것이 보인다. 경험한 것이 많을수록 공감할 수 있는 것도 많아진다. 이번 봉사활동을 계기로 좀 더 많은 사람들과 공감할 수 있는 따뜻한 지성을 가진 사람으로 발전할 수 있지 않았나 싶다.

그로부터 약 1년 후,

우연히 온라인마켓에서 쇼핑을 하던 중, G마켓에서 해외봉사단을 모집한다는 광고를 보게 되었다. 다시 한번 꼭 가고 싶었던 해외봉사단. 더군다나 전액무료라니, 무조건 하고 싶었다. 포스터만 봐도 손이 떨렸다.

간절한 마음으로 지원서를 한 자 한 자 써 내려갔다. 더욱더 완성도를 기하기 위해 주민센터에 함께 일하시는 국문과 전공 주무관님께 도움도 받았다.

내게는 특별한 행운이 따르는 걸까? 이번에도 서류에 무사하게 합격하였다.

서류합격의 영광을 안고 바로 면접 준비에 들어갔다. 이전에도 서울에 간 적은 있었지만, 면접을 보기 위해 가는 것은 처음이라 무척 긴장되었다. 있는 옷 중에 가장 예쁜 옷을 차려입고, 머리에 왁스도 바르고 신나는 마음으로 상경을 하였다.

막상 면접 장소에 도착하자 너무 긴장이 되었다. 다른 참가자들과 무작위로 면접 조를 짜주셨는데, 옆을 보니 어느새 면접장에 들어가서 외칠 구호를 만드는 이들이 있었다. 정말 열의가 넘쳐 보여 왠지 모르게 위축되었다. 하지만 내가 속하게 된 조도 나름 열심히 준비하여 면접장에 들어서게 되었다.

열심히 준비했건만 처음부터 순탄치 않았다. 면접관이 "자기소개를 해주세요."라고 하셔서 준비한 자기소개를 하는데 중간에 하다가 툭 막혔다. 외워서 간 거라 순간 머리가 하얀 백지가 되었고, 뒷내용을 까먹어서 무슨 말을 해야 될지 몰라 계속 머뭇거리고 있다가 다음 차례로 넘어갔다. 차라리 그냥 생각나는 대로 했다면 더 수월했지 않았을까?

그렇게 면접이 끝났고 조금 허탈한 마음을 안고 부산으로 내려왔다. 2주 후 대망의 최종 발표 날이 되었다. 발표 시간이 수업중이여서 문자를 기다리고 있었는데, 시간이 지나도 문자가 오지 않았다.

다행히 집계가 늦어져 오후 4시 발표로 미뤄졌다는 소식을 받았고, 카페에서 프로젝트 회의 중에 오후 4시가 되어 홈페이지에서 합격 여부를 확인했다.

문자도 메일도 오지 않아 아마 불합격을 했을 거라는 직감이 왔다. 하지만 내 눈으로 직접 확인하고 싶었다. 홈페이지에서 합격자 명단을 보았지만 눈을 씻고 찾아봐도 내 이름과 휴대폰 번호 끝 4자리는 찾을 수 없었다.

그렇게 불합격임을 인지한 후 아쉬웠지만 마음을 가다듬고 결과를 받아들였다. 어쩔 수 없었다. 서울에서 면접을 보기도 했고, 그만큼 참여하고 싶은 마음이 컸기 때문에 상심했지만 잊어버리기로 했다.

그런데 그로부터 3일 후, 여느 때와 다름없는 일상 중 02로 시작되는 번호로 한 통의 전화가 걸려왔다.

G마켓 해외봉사단 담당자 : 이영훈 학생, 맞으시죠?

나 : 네, 맞습니다만, 누구세요?

G마켓 해외봉사단 담당자 : 네 여기는 G마켓 해외봉사단 사무국 ○○○입니다.

나 : 네, 안녕하세요.

G마켓 해외봉사단 담당자 : 한 분이 못 가게 되어 대기 순위에 있던 영훈 씨께 연락드렸습니다.

나 : 그럼 저 추가합격이 된 건가요?

G마켓 해외봉사단 담당자 : 네, 축하드립니다. 합숙교육 관련 내용은 메일로 전달드리겠습니다.

나 : 감사합니다. 감사합니다. 그날 뵙겠습니다!

기적이 일어났다.

이미 마음을 접었는데 간절했던 내 마음을 하늘이 살펴주셨나 보다. 이렇게 다시 합격이 될 수 있을 거라고는 생각지도 못했다. 기분이 속된 말로 끝장이 났다.

그렇게 천안에 위치한 도고 글로리 콘도에서 2박 3일간의 합숙교육을 받고 팀원들과 인사를 하였다.

다시 출국까지 약 한 달 반, 또다시 모든 준비를 해야 했다. 두 번째로 하는 경험이었기에 훨씬 수월하였다. 단원들과 돈독하게 지내기 위해 대성리로 MT도 다녀왔다. 나는 총무의 역할을 맡았고, 회계의 투명성을 담보하기 위해 통장을 새로 만들고 지출 내역을 공개했다. 일을 하는 와중에 크고 작은 마찰이 있었지만 묵묵히 할 일을 해나갔고, 출국 전까지 차질 없이 각 팀에서 필요한 물품을 완벽히 구비하였다.

2012년 1월 27일, 인도네시아 출국 날.

태어나서 처음 밟아보는 인도네시아 땅.

우리가 갈 곳은 인도네시아 '마카사르'라는 곳으로, 자카르타에서도 국내선을 타고 더 가야 하는 곳이다. 대기시간을 포함해서 15시간이 지난 후에야 목적지에 도착할 수 있었다.

그렇게 약 열흘간의 봉사활동이 시작되었다.

불이라는 단어에는 불타오르는 뜨거움이라는 어감이 살아있다. 우리 팀이 꼭 그랬다. 우리는 최대한 '그들처럼 지내다 오는 것'을 목표로 했다. 한국에서 생활하는 것처럼 편리함을 누리기보다는 최대한 내려놓고 부족하면 부족한 대로 살기로 하였다.

그것이 생각만큼 쉽지는 않았다. 우선 같은 동양인이지만 누가 봐도 우리는 모습이 다른 이방인이었다. 또 우리가 간 고아원은 이미 봉사단체에서 50번 이상 다녀가 모두 우리가 한국사람이라는 것을 알고 있었고, 어디를 가든 우리를 '꼬레아 꼬레아'라고 부르며 사진을 찍어달라고 하고 난데없는 연예인 대접을 하기도 했다.

G마켓해외봉사단, 인도네시아 마카사르에서 아이들과 함께 어울리는 모습

인도네시아의 연예인!!

우리도 친절하게 아이들에게 다가가고, 아이들도 꽤나 호의적으로 우리와 즐겁게 어울려 놀았지만, 우리끼리 점심을 먹거나

우리만 간식을 먹을 때는 누구도 우리에게 달라고 하지 않았고 자리를 피해주었다.

아마 이미 여러 번의 봉사 단체를 겪으며 그렇게 교육을 받았을 것이고, 우리도 그것이 편했지만 왠지 모를 마음의 벽이 느껴졌다.

하지만 우리가 그들과 조화를 이루지 못한 것은 아니었다. 우선 아이들이 한국 음악이나 드라마 등 한국 문화에 익숙해서 다가가기 쉬웠다. 또 우리 팀에 운 좋게도 인도네시아어를 할 수 있는 팀원이 두 명이나 있어 아이들이 왜 고아가 되었고 어떤 생각을 하고 있는지 등의 꽤나 깊은 이야기를 하며 교감을 나눌 수 있었다.

무엇보다 현지 친구들과 축구를 하고, 아이들과 준비한 올림픽 게임을 함께하면서 우리가 서로 다르지 않음을, 소통할 수 있음을 깨달았다. 비록 완벽한 '그들처럼 살다 오기'를 이루지는 못했지만 헤어지는 마지막 순간 서로의 눈물을 통해 서로가 삶의 일부분이 되었음을 느꼈다.

G마켓 해외봉사단 인도네시아 활동은 내게 있어 한층 더 성장할 수 있는 계기를 주었다. 세상은 넓고 다양하다는 것, 무수히 많은 가치관이 있다는 것을 직접 느끼게 된 것이다.

도개국에 대한 편견을 가지고 있었던 나였는데 마음을 열고 노력한 결과 이 세상에 함께 살아가는 모든 인류는 평등하다는 것을 깨달을 수 있었던 고마운 시간이었다.

사실 이런 경험들은 "나는 안 될 거야."라고 생각하고 도전조차 하지 않으면 얻을 수 없는 것들이다.

많은 동기들과 친구들에게 이런 대외 활동을 추천했지만, 나를 부러워만 했을 뿐 도전하는 친구들이 많지 않았다.

지금도 좋은 프로그램들은 우리들의 도전을 기다리고 있다. 꼭 도전을 해서 기회를 잡았으면 좋겠다.

경영학과나 관광경영학과, 경영정보학과 등 경영학부 관련된 학과들은 예로부터 대외활동을 많이 하기로 정평이 나있는 학과들이다. 그래서 그런지 대외활동을 하다 보면 다른 학교에서 온 경영학과 친구들이 참 많다.

우리학과(관광경영)는 일찍 취업준비를 하는 친구들이 많아 대외활동을 하는 사람이 드문 편이었다. 그래서 유난히 대외활동을 많이 하는 내가 돋보일 수밖에 없었다.

대외활동이 반드시 좋은 취업으로 이어지는 공식은 아니지만, 적어도 학교 안에서만 활동할 때에 비하여 활동반경도 넓어지고 많은 정보를 얻을 수 있으며 시야도 굉장히 넓어지는 것은 확실하다.

나는 위의 2개 활동을 포함하여 우리 학교에서 주최했던 연변교육봉사와 정부에서 추진했던 월드프렌즈 IT봉사단 등 총 4개의 활동을 다녀왔다. 이 중 월드프렌즈 IT봉사단에 대한 이야기를 하나 더 하고자 한다.

2014년 5월, 평소 수업보다 30분 일찍 강의실로 올라가는 도중 로비에 쌓여있는 '대학내일' 잡지가 보여 얼른 가지고 올라갔다. 그리고 앉자마자 잡지를 읽기 시작했다. 잡지에는 다양한 학생들의 학교생활과 진로 이야기가 담겨있었고, 각종 대외활동에 대한 포스터도 실려있었다.

다 보고 난 다음 책을 딱 덮었는데, 맨 뒷표지가 바로 월드프렌즈 IT봉사단 모집 포스터였다.

가슴이 또다시 두근두근 뛰었다. 이번에도 꼭 가야겠다는 생각이 들었다.

이전에 했던 종종 이미 3번의 해외봉사를 다녀왔는데, 왜 그때 또 갔냐는 질문을 많이 받는다.

3번의 해외봉사에는 공통점이 있었다. 바로 '단기', 짧은 기간 동안 다녀오는 봉사활동이었다는 것이다.

네팔은 15일, 인도네시아는 12일, 연변해외봉사단은 20일 활동이었다. 짧은 기간 동안 다녀오다 보니 현지 친구와 친해질 만하면 끝이 나버렸고, 아이들에게 교육을 할 때도 일주일 이상 지속적인 교육을 할 시간이 없어서 물고기 잡는 법을 가르치기엔 턱없이 부족한 시간이었다. 그렇다 보니 정서적 교육과 시간이 필요한 교육은 성과를 보기가 어려웠고 당장 성과가 보이는 페인

트칠, 집수리, 청소 등에만 많은 시간을 할애했다.

이번에 책자에서 보게 된 월드프렌즈 IT봉사단은 최소 1개월~2개월의 '중기' 프로그램이었다. 나는 최소한 1개월은 가야 현지에서 제대로 된 봉사활동을 실행할 수 있을 것이라는 기대가 있었고, 해보지 못했던 프로그램들을 이번에 나눠주고 싶었다.

하지만 합격까지엔 많은 난관이 있었다. 일단 지원 시에 4명을 모아 한 팀을 꾸려 지원을 해야 했다. IT봉사단이었기 때문에 컴퓨터 관련 전공의 학생이거나 전문 자격증을 소유하고 있는 사람이 2명 필요했고, 문화교육 경력자 1명, 외국어(현지 언어 또는 영어)가능자 1명으로 팀을 꾸려야 했다.

너무 가고 싶었지만, 4명의 능력자를 모을 방법이 생각이 나지 않았다. 일단 우리과 동기들은 다 같은 학과여서 컴퓨터 관련 전공자가 아니었다. 게다가 대외활동을 하지 않는 친구들이 많았기 때문에 더 고민이 되었다.

그래서 혹시나 하는 마음에, 페이스북을 통해 한번 글을 올려보기로 했다. 어쩌면 마음이 맞는 사람이 찾아올지도 모른다는 생각을 안고 포스팅을 했다. 조마조마한 마음을 안고 기다리는데 한 형이 같이 가자고 연락이 왔다. IT관련 학과 전공자였고, 형의 여자친구는 영어영문학과였다. 벌써 3명은 확보가 된 것이다. IT관련 전공자 한 명만 더 구하면 한 팀을 꾸릴 수 있었다.

형이 주변에 수소문을 하여 마침내 나머지 한 명까지 구할 수 있게 되자 얼마나 기뻤는지 모른다. 행운의 여신이 손을 들어 준다는 생각이 들었고, 다들 모여서 첫 번째 관문인 서류전형을 준비하기 시작했다. 2주 정도 시간을 두고 15장의 활동계획서를 작성하였다.

열의가 넘친 우리들은 새벽 3시가 넘어서도 메신저를 통해 계속 이야기를 주고받으며 완벽한 활동계획서를 작성하기 위해 노력했다. 그리고 마지막 날 제시간에 제출할 수 있었다.

그렇게 간절한 마음으로 기다렸고, 서류합격 발표 후에 면접 심사 날짜가 가까웠기 때문에 나는 미리 서울로 떠났다. 혹시나 가는 길에 불합격 통지를 받더라도 매일 새벽 3시까지 함께 준비한 우리 팀원인 형 누나, 친구들에게 고생했다고 하며 좋은 인연을 꾸려갈 수 있다는 생각에 기분 좋은 마음으로 출발했다.

그런데 이게 웬일! 올라가는 고속버스 안에서 합격 메일을 받았다. 버스 안에서 고함을 칠 뻔했다. 너무 행복했다. 아직도 그 순간을 잊지 못한다.

팀원들과 함께 메신저를 통해 담소를 나누면서 함께 면접 준비를 했고, 영어수업 시연을 연습하며 문화공연의 열의를 보여주기 위해 싸이의 강남스타일 춤까지 추기로 했다.

결전의 날이 밝았다. 나는 문화교육 담당의 일환으로 한복을 준비했다. 그 어느 때보다 긴장되었다. 심사 전에 팀원들과 준비한 것들을 점검할 겸 카페를 찾았고 서로 파이팅을 외쳤다.

팔에 피가 통하지 않아 잘 굽혀지지 않을 정도로 긴장을 많이 했던 것 같다. 급기야 청심환을 사왔고, 긴장을 풀기 위해 다 같이 마셨다.

마침내 면접이 시작되고, 우리 차례가 돌아왔다. 나는 어떤 활동이나 프로젝트나 면접을 보러 갈 일이 많았는데 간절하면 할수록 더욱 더 긴장이 되는 버릇이 있어서 항상 면접 때 준비했던 말 중 50%밖에 못 하곤 한다.

이날도 잔뜩 긴장한 채로 면접장으로 들어갔다. 90도의 폴더 인사를 하고 인상 좋으신 면접관 3분과 마주 앉게 되었다. 면접장은 긴 타원형의 회의실이었는데, 우리를 압도하는 듯한 분위기였다.

기억에 남는 면접 질문이 있다.

Q : 올해 세월호 사건으로 인해, 안전이 매우 중요해지고 있습니다. 그런데 얼마 전 아시아나 항공 미국 공항 착륙사고가 있었습니다. 여러 사건으로 인해 우리나라가 '안전불감증'이 아닌가 하는 인식이 전 세계로 퍼져나가고 있습니다. 여러분들이 수업할 때 이런 질문을 받으시면 어떻게 답하시겠습니까? 4명 중에 한 분이 질문에 대한 답을 '영어'로 해주시기 바랍니다.

면접 질문의 난이도가 상당히 높았다. 하지만 4명이 모두 함께 들어가서 서로 눈을 마주치며 상대에게 할 수 있다는 암시를 주었다. 준비했던 영어 수업시연과 강남스타일 춤까지 다 보여주고 면접장을 나왔다.

항상 그랬듯이 이번에도 아쉬움이 너무 많았지만 결과에 승복하기로 마음먹고 담담하게 기다리기로 했다. 우리팀이 너무나 잘해주었고, 분명히 합격할 것이라는 자신감이 있기도 했다.

형은 질문에 답을 잘 못해서 계속 미안해했지만, 팀장으로서 항상 우리의 의견을 존중해 주고 준비하는 데 많은 도움을 주셨기 때문에 오히려 고마웠다.

결과는? 성공이었다! 우즈베키스탄 지원팀 10팀 중에 5팀이 최종 합격을 했고 우리는 그중 2번째로 높은 점수로 합격의 통지를 받을 수 있었다.

이미 다녀온 선배들의 이야기를 들으니 1등으로 꼽힌 팀이 가는 학교보다 우리 팀이 가게 될 Turin University가 숙소제공이나 편의제공 면에서 더 좋다고 한다.

그렇게 설레는 마음을 안고 용인 인재개발원에 2박 3일간 소양교육을 다녀왔다. 소양교육에서 물품을 보급 받고 나니 진짜 떠나는구나 하는 생각에 가슴이 두근거렸다. 몇 번을 경험해도 해외에 나갈 때의 이 콩닥거림은 질리지 않는다.

게다가 이번엔 다른 해외봉사와 차원이 달랐다. 딱 4명이서만

가는 봉사활동이었고, 인솔자도 동행하지 않았기 때문에 우리가 모든 것을 준비해야만 했다.

가장 시급한 항공권 구매, 현지 코디네이터와의 연락, 비자 발급 등을 준비하며, 교육자료 만들기, 우즈벡에 대한 사전조사, 환전, 예방접종, 물품준비, 한복대여 등에 대한 일 처리까지 출국 전까지 빠듯한 일정을 소화했다.

우리는 우즈벡에 40일 정도 체류할 예정인데 비자 발급은 30일만 나와서 현지에서 비자를 연장해야 하는 숙제를 안았다. 비자 발급이 안 되면 앞당겨 귀국해야 하는 상황이 벌어질 수도 있었지만 어쩔 수 없었다.

최대한 완벽한 준비를 하려고 노력했고, 준비가 덜 된 부분은 현지에서 회의하며 해결해 나가기로 했다. 마침내 설레는 가슴을 안고 출국을 하게 되었고, 우즈벡에 도착해서 공항에서 마중을 나온 현지 대학생과 만나 인사를 나눈 뒤 학교 기숙사에 짐을 풀었다.

우리는 현지에서 생활하면서 준비한 수업들을 포함하여 우리가 하고자 한 많은 일들을 해냈다. 그 과정에서 수많은 고난과 역경이 있었다.

준비

우즈베키스탄의 수도인 타슈켄트Tashkent 지역의 튜린 공과대학교Turin Polytechnic University in tashkent로 떠나게 되었다. 이곳은 타슈켄트에서도 손꼽히는 인재들이 다니는 학교로서 수도의 외곽지역에 위치한 학교였다. 나는 이곳을 내 삶의 터닝포인트로 삼고 싶었다. 지금껏 내가 배운 지식과 이론을 활용해 이곳의 인재인 친구들을 도우며 내 삶에 대한 성찰의 시간을 가지고 싶었다. 그렇게 나는 튜린 공과대학교에서 열정을 불태울 준비를 하고 있었다.

마음과 달리 우즈베키스탄으로 떠나는 준비과정은 상당히 버거웠다. 대기업에서 주최하는 봉사활동과는 달리 항공권부터 현지 대학교 의사소통까지 스스로 모든 것을 준비해야 했다. 한동안 인터넷 블로그를 뒤지고 기 파견자를 직접 만나고 온라인으로 소통하는 등 현지 정보를 얻기 위해 많은 노력을 하였다. 전공은 IT학과가 아니지만 문화담당으로 한국의 문화를 효율적으로 알릴 수 있는 아이디어를 얻기 위해 NGO 기관에 근무 하시는 간사님에게 많은 도움을 받았다. 우리와 비슷한 또래 집단인 튜린 공과대학교에 흥미를 느꼈다. 우선 비슷한 또래이기 때문에 좋아하는 공통사가 많으니 스스럼없이 어울리고 내 지식을 효과적으로 활용할 수 있을 것이라 생각했다.

타슈켄트에 위치한 튜린 공과대학교는 한국과 시차가 4시간이었기 때문에 2개월 동안 학교와 직접 연락하며 일정 계획과 비자 문제와 요구 사항 조율을 하는 데 꼬박 2개월이라는 시간이 걸렸다. 돌이켜 보면 일주일에 한번 답장이 오는 이메일부터 무조건 괜찮다는 비자 문제와 서로 간의 요구 사항을 처리하는 과정이 늘 인내의 연속이었다. 하지만 이러한 준비과정은 진심으로 우즈베키스탄에 가고자 했던 나를 스스로 확인할 수 있었던 시간이 되었다. 어쨌든 나는 내 삶의 변화를 위해 그렇게 세상에 나올 준비를 하고 있었다.

우즈베키스탄에 가기 전 내 나름대로의 영어회화 공부와 문화수업을 준비했지만, 현지 영어는 상상 그 이상이었다. 처음 많은 학생들이 모여 이야기할 때는 말들이 너무 빨라 이해를 할 수 없었다. 대화 주제를 이해하지 못하고 소통하지 못한 채로 나는 그 자리에서 멍하니 보고만 있었다. 어느 정도 알아들을 수 있을 거라고 자신했던 내가 느꼈던 그 충격은 아직도 잊지 못한다. 영어로 모든 의사소통을 해야 하는 마당에 문제가 아닐 수 없었다. 물론 통역이 있었지만 3명의 의사소통을 모두 담당할 수는 없었다. 진정한 소통과 교감을 하기 위해 출국 전 약 2개월 동안 영어회화 공부에 매달렸지만 2개월 동안 프리토킹을 한다는 것은 쉽지 않은 일이었음을 깨달았다. 원활하게 소통하기 위해서는 현지에서도 뼈를 깎는 연습을 해야 했다.

문화수업 또한 철저한 준비가 필요했다. 현지 상황에 따라 시

시각각 일정이 변경되었기 때문에 우리가 준비했던 수업 주제를 그날 상황에 맞게 바꿔야 했고, 이는 많은 준비가 없었더라면 거의 불가능에 가까운 수준이었다. 현지에서 한국어에 대한 관심이 많았기 때문에 수업 일정 중에 많은 시간을 한국어 교육에 할애해야 했고 급기야 매일 밤 한국어 교육을 준비해야만 했다. 한국에서 얼마나 준비해 오느냐에 따라 현지에서의 성과가 좌지우지된다는 것을 깨달았다. 모든 준비가 잘되어 있으면 팀워크 또한 최상의 컨디션을 유지할 수 있었다.

결과적으로 우즈베키스탄 생활은 나의 영어실력 향상에 상당한 도움을 주었고, 문화수업을 함께하면서 부족한 영어실력에도 불구하고 현지 친구들과 눈빛으로 소통할 수 있었다. 그곳에서 다져지는 영어실력은 많은 사람들과 생각을 나누고 교감하게 한 '가교' 역할을 했다. 나 스스로 언어의 필요성을 체감하고 문제지의 '정답'이 아닌 실생활에서 활용할 수 있는 생계형 영어를 하게 되었다. 분명 한 달 이상의 해외 활동은 효과적으로 현지어 능력을 향상시키는 데 도움이 된다. 하지만 그러한 효과를 높이기 위해서는 자신의 노력이 필수가 돼야 한다.

월드프렌즈 IT봉사단 우즈베키스탄 사마르칸트 문화탐방

새로운 길을 보여준 우즈베키스탄 봉사활동

사전 교육부터 현지 친구들을 만나기 전까지 설렘과 두려움이 공존했다. 처음 가보는 우즈베키스탄에 대한 호기심, 준비한 봉사활동을 실천하면서 느낀 설렘, 한편으로는 한국에서 미래를 준비하는 친구들에 비해 뒤처지지 않을까 하는 불안감 등등. 그러나 막상 현지에 도착하고 내가 맡은 일에 집중하자, 두려움과 불안감은 의지와 사명감으로 바뀌었다. 우리 팀은 오전에는 ITc Programming 수업을 진행하였고, 오후에는 한국 전통문화수업을 진행하였다. 나는 문화담당이었기 때문에 오후 수업을 전적으로 맡았다. 마우스를 잡고 컴퓨터에 열중하는 친구들의 모습부터 김밥 만들기 체험을 하면서 서로의 입에 김밥을 넣어주는 모습까지 하나도 잊을 수가 없다. 20여 명 남짓한 학생들이 매일 IT 수업과 한국 문화수업을 듣기 위해 방학인데도 불구하고 학교를 찾았다. 기온이 40도에 육박하는 무더위가 계속되었고, 강의실에 에어컨도 나오지 않았다. 컴퓨터의 열기까지 더해져 지치기도 하였다. 그러나 가슴에 태극기를 달고 한국의 대표 청년으로 이곳에 왔다는 사명감 하나로 끝까지 최선을 다해 교육하기 위해 노력하였다. 내가 가진 것은 분명 작은 재능이었지만, 작은 재능 나눔이 모두가 행복해하는 길임을 미처 몰랐다. 또한 우리가 해외봉사활동을 무사히 마칠 수 있게 하기 위해 온 힘을 쏟고 계시는 많은 분들에게 고마운 마음이 들었고 이러한 시간을 허락해준 모든 것에 감사하였다.

고난 1

우즈베키스탄은 무려 40도의 날씨 때문에 매우 덥지만 습기가 없어 목욕을 한 후에도 머리가 빨리 마르고 빨랫감도 금세 건조되는 고온건조한 곳이었다. 그래서 그런지 햇빛이 매우 강하여 살을 뚫고 들어오는 느낌이 들었다.

도착 3일 만에 나부터 아프기 시작했다. 물갈이를 하는 모양이다. 첫 수업 날이었고, 한복을 입고 강의실에서 열의를 다해 수업을 했다. 수업이 끝나고 모든 학생이 교실을 나서는 순간 긴장이 풀려 교실 바닥에 주저앉았다. 초인적인 힘으로 수업을 진행했던 것이다.

숙소로 겨우 걸어와 침대에 누웠다. 몸을 살짝 움직이는 것도 힘들 정도로 매우 아팠다. 살면서 이 정도로 아픈 적이 없었던 것 같다. 6시간 내내 많이 괴로웠다. 통역 담당 누나는 걱정이 되어 나를 극진히 간호해 주셨고 덕분에 반나절 만에 회복할 수 있었다.

그렇게 한 명씩 돌아가면서 건강에 적신호가 켜졌다. 다들 크게 아파서 뭐든 쉽게 넘어가는 일이 없었다. 큰일이 날 것 같아 조마조마했고 옆에서 지켜보는 사람도 같이 힘들었다. 내가 해줄 수 있는 일이 많지 않기에 더 그랬던 것 같다.

현지 병원에 가면 의사소통이 힘들기 때문에 학교에 있는 헤드오피스에 요청을 해서 의사가 직접 우리 숙소로 왔다. 숙소에서 진찰을 받고 링거를 꽂으며 휴식을 취했다.

나는 항상 우리 팀원들의 건강이 너무 염려되었고, 현지 음식을 잘 못 먹는 팀원들을 위해 외식을 하지 않는 날이면 한국음식을 해주었다.

현지에 있는 동안 건강은 항상 따라다니는 문제였다. 우리가 잘 먹고 조심을 해도 면역이 약해져 있기 때문에 쉽게 아팠다. 자주 아프니 서로 예민해지기도 하고 우리 내부에 있는 문제를 항상 안고 가야 했다. 우리가 스스로 이겨내야지만 성공적인 봉사활동을 할 수 있었다.

항상 서로 다독이며 매 순간 노력했던 것 같다. 아프지 않기 위해 항상 잘 먹고 잘 자려 했다. 봉사 후반에는 확실히 덜 아파 수업에 집중할 수 있었고, 마지막까지 마무리를 잘할 수 있었다.

고난 2

우리 팀은 교육과 생활에 필요한 짐을 들고 7시간을 비행하여 타슈켄트에 도착하게 되었다. 분명 이곳은 한국과는 다른 모습을 하고 있었고, 첫 식사를 하면서부터 불편한 점이 슬슬 느껴지기 시작했다. 첫 수업을 시작하는 학교에서도 강의실 말고는 준비된 것이 아무것도 없었다. 무엇보다 그곳 현지인들에게 외국인인 우리를 알리고 설득하는 과정이 필요했기 때문에 많은 준비와 시행착오를 거쳐야 했다. 그렇게 하루하루가 지나갔고 우리가 의도했던 교육이 천천히 진행되었다.

그런데 어느 정도 적응을 했을 때 예상치 못한 변수가 생겼다. 바로 비자 문제였다. 9월 1일은 우즈베키스탄에서 가장 큰 국경일이였고, 약 2주 전부터 모든 정부기관의 업무가 마비 상태였다. 비자를 연장해야 하는 우리로서는 당장 불법체류자가 될 수 있었던 심각한 일이었다. 튜린 공과대학교의 중개자였던 코디네이터와 비자 문제로 출국 전부터 계속 메일을 주고받았었는데 "현지에서 연장이 가능하니, 신경 쓰지 않아도 된다."라는 답변만 돌아왔다. 모든 것을 완벽하게 준비하고 출국하고 싶었던 나는 계속 찜찜했었는데, 결국 현지에서 일이 터지고 말았다. 모든 일을 안이하게 생각했던 코디네이터의 말만을 전적으로 믿고 있었던 우리도 잘못이었다. 약 2주 동안 학교에서 비자 연장을 처리해 주겠다는 말만 믿고 여권을 맡겼었는데, 우즈베키스탄 사회의 특성상 외국인의 여권 검사를 굉장히 자주 하기 때문에 여권 없이 시내를 다니는 것도 너무 불안하였다. 학교와 코디네이터만 믿었던 우리는 직접 나서서 학교 총장님과의 면담을 추진하였다. 학교 총장님과의 면담에서 불편한 사항을 조목조목 이야기하였고, 총장님은 우리의 이야기를 충분히 들어주셨다. 총장님의 전화 한 통으로 우리 비자 문제가 바로 해결되었다. 우리의 입장에서는 우즈베키스탄의 일 처리 문화가 한국처럼 척척 되지 않아서 스트레스를 받기도 했지만 그런 문화에 적응하는 것도 우리 몫이었다. 남 탓을 할 수 없었다. 이런 일을 겪으면서 더 많은 것을 배우게 되었다. 하나도 소홀히 하면 안 된다는 것을 알게 되었고 그 나라의 문화를 더 잘 이해할 수 있는 계기가 되었다. 돈 주고 살 수 없는 값진 경험이었다.

고난 3

가장 큰 문제는 환경도 비자도 아닌 우리 내부의 문제였다. 사실 환경 문제가 내부 문제를 더 가속화시킨 면도 있다. 워낙 더운 날씨에 물갈이를 하면서 몸의 면역이 극도로 약해져 매우 예민한 상태로 봉사활동의 일정을 소화해 내야 했기 때문이다.

그럼에도 우리가 더 성숙한 모습으로 서로를 바라보지 못한 아쉬움이 있다. 월드프렌즈 IT봉사단을 선발할 때, 반드시 4명이 면접장에 들어와야지만 면접을 볼 수 있는 기회를 준다는 규정엔 그럴 만한 이유가 있었다. 그만큼 팀 내부의 결속력을 중요하게 생각한다는 뜻이었다.

그동안 팀이 와해되어 봉사활동이 중단되는 일들도 많았다고 한다. 어떤 봉사활동이든 갈등이 생겼을 때 어떻게 대처하겠느냐는 물음은 항상 단골질문이다. 그만큼 봉사활동의 내용뿐만 아니라 내부에서 갈등관리를 어떻게 해야 할지는 늘 가장 중요한 이슈이다.

우리 팀도 고비의 순간들이 많았다. 24년을 서로 다른 환경에서 살아왔기 때문에 당연한 일인지도 모른다. 40일이란 시간이 서로를 완전히 이해하기에는 짧았을 것이다.

늦잠을 자서 수업시간에 늦는 일이 잦은 팀원이 있었는데, 분명 많이 피곤했을 것이라 이해하면 되었겠지만 그때는 그렇지 못했다. 늘 다그치기만 했고 서로의 예민함만 표출하게 된 것이다. 그렇게 여러 일이 겹쳐 감정의 골이 깊어지면서 수업을 진행하면서도 서로 얼굴을 붉히게 되어 수업을 듣는 친구들에게도 민폐를 끼치게 되었다.

그런 와중에서도 우리를 도와주는 현지 친구들이 많았다. 그 중에 루스탐이라는 친구가 있었는데, 그 친구는 혼자서 우리가 우즈베키스탄 생활에서 필요한 많은 부분들을 도와주었다. 예를 들면 환전, 마트쇼핑, 우즈벡 정보수집, 맛집 탐방 등등 말이다. 그런데 어느 순간부터 루스탐과 대화하다 보니 그와 생각이 다르다고 이야기하는 팀원이 생겼다. 순수하게 우리를 도와주기 위해 숙소에 놀러와도 '너네끼리 다녀와' 하면서 참여를 하지 않는다든지, 길을 걸으면서도 루스탐과 이야기를 나누지 않는다든지 하는 일들이 있었다. 루스탐은 우리를 위해 본인을 희생하면서까지 도움을 주어 항상 감사한 마음을 가지고 있었는데 그런 팀원의 행동이 이해가 가지 않았다. 사소한 일들을 그때그때 이야기하지 않았기 때문에 서로 감정의 골만 깊어지고 있었던 것이다.

그렇게 우리는 각자가 실수한 일, 또는 내가 편하자고 한 일

등이 불쾌한 수면 위로 떠오르면서 서로 불편함을 느끼게 되어 갈등으로 번지게 되는 경우들이 많았다.

매일매일 꼭 하나씩은 문제가 있었고, 반대로 상대방을 이해했기에 수면 위로 떠오르지 않은 일도 있었다. 머나먼 타국 땅에 와서 생활하는 것은 매우 기쁜 일이지만 함께 의지하는 와중에 하루 동안에도 다양한 감정의 변화를 겪었다. 그래도 다들 스스로를 컨트롤하려 노력했고, 그런 노력들이 있었기에 마지막엔 서로 웃으면서 잘 끝낼 수 있었던 것 같다.

마지막 날 짐을 싸는데 눈물이 왈칵 쏟아졌다. 우리를 도와준 우즈베키스탄 친구들과 서로를 배려하며 견뎌낸 동료들에게 너무 고마웠기 때문이다.

갈등이 생겼을 때 상대방이 왜 그랬는지 먼저 생각해 본다면 이해할 수 있다. 상대방에 대해 서운하거나 화난 감정도 조금은 줄어든다.

그리고 무엇보다 함께 같은 목적을 가지고 협동하고 있음을 잊어서는 안 된다. 같은 일이라도 받아들이는 건 모두가 다르기 때문에 누구는 더 힘들게 느껴지고 불만을 크게 느낄 수도 있다. 이런 본질을 먼저 이해하고 서로 노력해야 한다는 것을 배웠다.

희망 1

아무리 준비를 완벽하게 한다고 해도 다른 이의 도움이 없다면 하나도 이룰 수 없는 게 세상살이인 것 같다. 봉사활동도 마찬가지다.

우리는 IT봉사단이라는 이름에 걸맞게 정보화교육 70%, 문화교육 30% 비율로 수업을 준비해 갔다. 하루에 4시간씩 이론과 실습이 병행된 C프로그래밍 학습을 하였고, 서로 간의 소통을 최우선으로 하는 학습이 되도록 노력을 하였다. 마지막 4주 차에는 지금까지 배운 내용을 스스로 점검하고 자신에게 부족한 부분이 무엇인지 파악할 수 있는 시간을 가졌다.

한류의 영향으로 한국에 대해 우호적인 이미지를 가지고 있는 우즈베키스탄 학생들에게 한국의 문화를 더욱 친근하게 느낄 수 있도록 활동위주의 프로그램인 요리교실, K-POP, 전통놀이, 한국어 교육 등을 적극적으로 알리기도 했다.

우리가 제일 많은 시간을 할애했던 정규수업을 하는 것에도 학교 측의 배려와 학생들의 도움이 절실했다. 수업준비와 수업에 대한 홍보, 알림 전달은 현지 친구들의 도움이 절대적이었다.

어떤 행사를 준비할 때에도 현지 친구들의 연락망을 활용해야 했다. 수업 중에도 열심히 들어주고, 항상 응원해 주어서 우리가 힘을 내서 마지막 수업까지 잘 해낼 수 있었다.

희망 2

우즈베키스탄 현지 고아원에서 물품 전달할 때

우리는 수업 이외에도 한국에서 펀딩한 티셔츠 판매 수익금으로 문구류를 사서 현지 고아원에 전달하는 프로젝트를 진행했다.

잘 포장된 물품을 현지로 직접 가져갔는데, 전달을 어떻게 해야 할지 고민이었다. 그 와중에 팀의 4명 중 3명이 천주교 신자라 우즈베키스탄 성당을 가기로 마음을 먹고 주말에 미사를 드리러 갔었다.

신기하게도 한인미사가 있었다. 미사가 끝난 후 밖에 나오니 어묵국물을 나눠주었다. 우즈벡에서 맛보는 어묵국물은 정말 맛있었다.

우즈베키스탄에서 20대 청년들을 찾아보기 힘들었는지 어머님들이 우리에게 어떻게 오게 됐냐고 물으셨다.

연이 닿은 어머님들은 한식을 그리워하는 우리와 한식당에 가서 한식을 사주셨고, 이흑연 한인회장님도 우리를 집으로 초대해 소중한 밥 한 끼를 대접해 주셨다.

회장님은 우리의 이야기를 듣고 고아원에 직접 데려다주셨다. 우리는 물품을 차에 싣고 아이들을 만나러 가서 그림 그리기도 하고 함께 놀면서 시간을 보냈고, 문구류를 무사히 전달하였다.

회장님의 도움 덕분에 편하게 일이 이루어져 다행이었다. 회장님은 그 후 회사도 구경시켜 주시고 우리에게 많은 도움을 주셨다.

희망 3

2014년 우즈베키스탄의 정세는 불안했다. 물가가 요동치고 달러를 많이 사들이는 형편이었다. 우리는 달러를 현지 화폐로 환전하는 데 있어 매우 각별히 조심해야 했다.

우즈베키스탄의 화폐 단위는 'SOM'이었는데, 1,000쏨, 5,000쏨 단위로 있다. 5,000쏨 단위는 많이 없었기 때문에 거의 모든 환전은 1,000쏨으로 이루어진다.

시장에서 환전하는 것이 가장 환율이 좋았기 때문에 화폐를 담을 큰 가방을 메고 현지 대학생 친구들을 동행하여 환전을 하러 갔다.

여러 명이서 함께 시장을 가되 환전소는 한 명만 들어갔고 나머지 4명은 입구에서 진을 쳤다. 무슨 일이 일어날지 몰랐기에 조마조마했던 기억이 난다.

그렇게 2,000USD를 SOM화폐로 환전하였다. 백팩 가방 하나를 가득 채울 만큼의 돈이었다. 돈을 제대로 받았는지 세어보는 데에는 현지 친구들의 도움을 받았다.

그렇게 우리는 돈을 가방에 차곡차곡 넣었고, 백팩을 앞으로 맨 채 바로 택시를 타고 학교로 돌아왔다. 그다음에도 몇 번의 환전을 같은 방식으로 처리했다. 머나먼 타국에서 돈으로 가득 찬 보따리를 들고 다녔으니 지금 생각하면 재밌는 일이다.

희망 4

봉사활동 중 친목도모는 꼭 필요한 일이다. 우즈베키스탄을 이해하기 위해서는 현지 친구들의 생활 속에서 그들과 함께 살아보아야 한다.

우리는 어느 주말에 현지인 친구집으로 초대를 받게 되었다.

그의 집은 우리가 머무는 타쉬켄트가 아니라 제2의 수도라 불리는 사마리칸트에 있었다. 주말을 이용해 사마리칸트로 떠났고 현지에서 홈스테이를 경험하였다.

우즈베키스탄 친구들은 우리나라와 문화가 달랐다. 조촐하게 생일파티를 하는 우리와는 정반대로 생일을 매우 특별하게 보내는 문화였다. 우리도 가끔은 그런 생일파티를 하지만, 우즈베키스탄 친구들은 매년마다 축제를 하듯이 파티를 연다.

우리가 초대받은 계곡에는 온갖 음식들이 널려있었고 음악이 있었다. 우즈베키스탄에 오지 않았다면 절대 느낄 수 없는 경험이었다.

이런 돌발적인 일들이 우리의 내면을 더욱 풍성하게 만들어주었다. 봉사활동만 하다 돌아갈 수도 있었지만 현지 친구들이 우리를 좋아해 주어 결혼식까지 참여하는 등 재미난 경험을 많이 했다.

이 외에도 현지 코디네이터, 학교 관계자 분들 등 다양한 사람들에게 꾸준히 도움을 받았다. 그 도움들이 없었다면 이곳에서의 생활이 매우 힘들었을지도 모른다.

우리가 봉사활동을 진행한 곳은 우즈베키스탄에서 2번째로 좋은 대학교였다. 그만큼 일반 학생들은 가기 힘든 학교였는데, 이 학교의 친구들은 기본 2~3개의 외국어 능력을 지니고 있다.

어쩌면 나보다 더 뛰어난 학생들인 셈이다. 우리는 우즈벡

보다 경제적으로 더 나은 곳에서 살고 있기 때문에 이곳에 봉사활동을 하러 오는 것인데 행여나 우월감을 가지게 되는 것이 도덕적으로 올바른가 하는 생각도 들었다. 대한민국에 태어난 것을 다시 한번 감사하게 느꼈다.

우리나라는 노력에 보상이 따라오고 충분히 사다리를 타고 올라갈 수 있는 구조이지만, 우즈베키스탄은 사회적으로 학생들이 우리와 같은 노력을 하여도 계층을 뛰어넘을 수 없는 구조를 가지고 있다. 나보다 훨씬 뛰어난 친구들이 꿈을 펼치는 데 한계가 있다는 생각에 매우 아쉬운 마음이었다. 그렇게 여러 가지 생각을 안고 귀국하게 되었다.

해외봉사는 어항 속의 나를 꺼내준 소중한 경험

해외봉사활동의 경험을 단 몇 장으로 표현하기란 어렵다. 분명한 건 그곳에서 일상으로 돌아온 내가 180도 달라졌다는 점이다. 비행기를 타고 먼 나라로 날아가 나와 생김새가 다른 사람들과 엉키면서 그들의 소중한 삶을 배우고 내가 가진 작은 것에 감사하는 마음을 가지게 되었다.

활동을 하면서 내가 누린 많은 것들에 보답하고자 소년소녀가장들이 모이는 모임에서 꾸준히 봉사활동을 이어나가기도 하였다. 또 교육의 힘과 가능성을 확인하게 되어 더욱 많은 사람들을 긍정적인 방향으로 발전시키고 변화시키고자 열심히 공부하고 있다.

해외봉사활동은 편견과 같은 어항 속의 나를 연못으로 뛰놀게 하고 강물 속에서 헤엄칠 수 있게 하는 도전을 제공한 소중한 경험이었다. 2개월간의 준비는 힘들었지만 그러한 노력을 하기에 충분했던 값진 경험이었다. 이 글을 읽는 많은 청춘들이 해외봉사활동을 고민한다면 나는 주저 없이 “Let’s go!”라고 답하고 싶다. 그러나 그러한 마음과 상응하는 피나는 노력이 필요함을 잊어선 안 된다.

포드 자동차를 만든 헨리 포드는 “비행기는 순풍이 아니라 역풍을 타고 이륙한다”고 말한 바 있다. 그의 말처럼 이번 해외봉사활동은 의지와 열정 그리고 도전정신이 없었다면 무사히 이뤄지지 못했을 것이다. 반대로 의지와 열정과 도전정신만 있다면 못할 것이 없다는 의미로 받아들여 주기 바란다. 이 글을 읽는 많은 청춘들이 용기를 가졌으면 좋겠다.

5
| 대한민국 청소년 대표단, 터키를 가다! |

2013년, 여성가족부, 한국청소년활동진흥원 "국가 간 청소년 교류" 터키 파견

수많은 활동 중에서 가장 열정적으로, 성공적으로 펼쳤던 활동을 꼽자면 단연 '국가 간 청소년 교류' 활동일 것이다.

국가 간 청소년 교류는 여성가족부가 주최하고 한국청소년활동진흥원이 주관하는 활동으로, 양국 청소년 담당 부처 또는 청소년 관련 기관과의 약정으로 매년 정기적으로 실시되는 사업이다. 청소년 글로벌 역량 강화 및 국가 간 우의 증진, 미래 협력 기반 조성 등을 위해 1979년부터 초청 및 파견을 해오고 있다.

대표 청소년으로 선발이 되면 파견 프로그램을 구성하고 청소년 담당부터 및 청소년 기관(단체)방문, 홈스테이, 청소년 교류, 문화체험 활동 등을 펼치게 된다.

2013년 3월에 선발되어 10월 말 파견까지 약 8개월간의 대장정을 이 자리에서 소개한다.

때는 2013년 4월 6일, 국제청소년센터.

터키파견에 선발되어 발대식을 위해 센터로 모였다. 박기태 단장님의 훌륭한 강연과 기참가자의 이야기 등을 들었다. 일정이 끝난 후 각 팀은 배정된 방으로 이동하여 기참가자 선배와 함께 본격적인 준비를 위해 이야기를 나누었다. 처음 만난 우리는 어색한 분위기 속에서 서로 인사를 건넸다. 처음엔 서먹했지만 함께 터키에 갈 멤버들이었기 때문에 금방 친해질 수 있었다.

나는 이 자리에서 23살의 어린 나이에 20명을 이끄는 대표로 선출되는 막중한 임무를 맡게 되었다. 그동안의 해외봉사의 경험을 살려서 업무를 빠르게 분담하고 의사결정 과정, 회의 날짜, 카페 개설 등을 통해 앞으로 우리가 계속 준비를 할 수 있는 시스템을 만들었다.

온라인 회의를 지속하다 보니 오프라인 회의가 꼭 필요하다는 결론에 도달했다. 친목도모와 춤연습, 팀별 회의를 해야 했기 때문이다. 오프라인 회의의 효과는 정말 크다. 뭐든 만나서 추진하고 해결하는 것이 속도를 내는 가장 빠른 방법이다.

그렇게 5월 말에 터키 팀만의 특별한 MT를 가졌다. MT는 하루로 예정되어 있었으나 모두가 1박 2일을 원해 이틀 일정으로 늘렸다.

우리 팀은 80%가 수도권에서 거주하였기 때문에 서울에서 회의를 한 후 가평으로 MT를 갔다. 1박 2일 동안 준비에 박차를 가하면서 친목도모까지 다잡을 수 있는 시간이 되었다.

그 이후 지속적인 온라인 회의를 통해 미진했던 부분들 채워나가고, 파견 전에 한 번 더 오프라인 모임이 필요하다는 의견을 수렴하여 8월 말에 한 번 더 모임을 가졌다. 지금까지 해온 것들 점검하고 우리끼리 의견 수렴을 통해 수정할 것은 수정하고 공연연습에 매진했다. 이제 많이 친해졌기 때문에 이대로 바로 터키로 출국해도 되겠다는 생각이 들었다.

8개월 동안의 준비 일정을 마치고 드디어 출국날이 밝았다. 출국시간보다 10시간 일찍 만나 마지막 점검을 했다. 공연연습, 파견결단식, 인솔해 주실 단장님과의 만남 등을 거친 후 마침내 버스를 타고 인천공항으로 출발하였다.

터키에서의 12일은 바쁘면서도 좋고 힘들면서도 신기한 일들의 연속이었다. 일정을 소화해 내는 것이 벅찼지만 다음 날 일정을 위해 밤늦게까지 매일 회의를 하며 춤도 연습했다. 차에서 3시간밖에 못 자는 일도 다반사였다. 그래도 터키의 대자연을 볼 때만큼은 모든 고통을 잊을 수 있었다.

20명의 소중한 인연들과 24시간을 동고동락하면서 시간을 보낼 수 있다는 점, 터키 측의 배려로 항상 맛있는 음식과 대접을 받고, 좋은 잠자리에서 잘 수 있었던 점은 잊지 못할 추억이다. 항상 우리가 힘든 일정 속에서도 파이팅을 외칠 수 있었던 원동력이었다.

물론 현지 일정 동안 사소한 의견 차이로 인한 다툼 등 많은 일들이 있었지만 경청하는 자세와 소통을 통해 다시금 뭉칠 수 있었다.

무거운 책임감을 가지고 출발한 터키에서의 10박 12일의 긴 여정 동안 대한민국의 민간 외교관으로서 역할을 다하고 팀원들을 다독이는 데 많은 노력을 들였다. 내가 할 수 있는 것을 다 했기를 바랄 뿐이다.

터키를 다녀온 후에는 200장의 사후보고서 작성에 돌입했다. 차년도 파견자를 위해 준비과정부터 마지막 일정까지 최대한 상세하게 내용을 담았고, 개선할 점을 기관에 제안했다.

우리는 그렇게 성공적인 교류에 대한 성과를 인정받아 여성가족부 장관상을 수상하였다.

2013년 한 해는 다른 대외활동도 함께 병행하면서 바쁜 일정들을 소화하던 때였는데 그럼에도 긴 시간을 이 터키 봉사활동에 투자했다. 대한민국 청소년 대표 자격으로 방문하는 활동이었기 때문에 책임감으로 인해 더욱 노력한 것 같다.

이번 활동은 나에게 많은 변화를 가져다주었다. 성공적으로 팀을 이끈 경험으로 자신감을 얻었고 그동안 나 자신에 대해 자격지심이 없지 않았는데 충분히 나를 믿고 어떤 일이든 도전적으로 하면 해낼 수 있다는 용기를 얻었다.

어떤 일이든 열의를 가지고 하나씩 차근차근 만들어나가야 한다. 그렇지 않으면 쉽게 무너지는 모래성이 되기 때문이다. 마찬가지로 조직에서 끈끈한 결속력을 다지려면 그만큼 여러 번 만나서 서로의 신뢰를 쌓아야 한다. 그래야 어떤 갈등이나 비상상황이 생겼을 때도 침착하게 대응할 수 있다.

리더십에 대해서도 많이 배웠다. 자리에 앉아서 관전만 한다고 모든 일이 되는 건 아니었다. 어떤 일이든 나서서 해야 했고, 모든 사람들의 의견을 들어야 했다. 돌아가는 상황을 모두 알고 있어야 일을 진행할 수 있었다. 리더의 자질은 별 것 아니었다. 팀의 의견과 변화를 빨리 감지하고 초기에 찾아 대응을 하는 것이 가장 중요한 소양이었다.

그렇기에 리더는 성실해야 한다. 정직해야 하고 맡겨진 책임감을 무겁게 받아들여야 한다. 신중하면서도 신속한 판단력이 요구되는 위치가 바로 리더의 자리다.

터키 이스탄불의 성 소피아 성당 앞에서 한복 입고 한국문화 홍보

터키 콘냐 지역에서 홈스테이

6
| 전통시장을 사랑하게 된 이유 |

대학 시절 가장 많은 비중을 차지한 활동은 바로 '행복시장 원정대' 활동이 아닌가 싶다.

지금은 이 활동이 역사 속으로 사라졌지만, 나에겐 여행, 관광, 전통시장 등의 키워드를 모두 채워준 고마운 활동이다.

행복시장 원정대 활동은 중소벤처기업부와 소상공인시장진흥공단에서 주최 및 주관하는 활동으로, 10박 11일 동안 전국의 문화관광형 전통시장을 돌면서 청년의 시각에서 전통시장의 매력을 재발견하고 홍보하는 활동이다.

2014년, 오감충족 행복시장 여행! 전통시장 즐기기! "행복시장 원정대" 활동 당시

선발단은 직접 보고 듣고 맛보고 만지고 느낀 대한민국과 문화관광형 시장에 대한 오감을 SNS 통해 실시간 전파하고, 주제별 미션을 수행하게 된다. 그리고 다녀온 후에 블로그, 카페, 유튜브, 웹사이트 등에 여행 후기를 게재하여야 한다.

나는 2013년 행복시장원정대 1기를 시작으로 2017년 행복시장원정대 5기까지 연속 5년을 참여하게 되었다. 매년 10박 11일 동안 전국 문화관광형 시장 투어를 다닌 것이다.

처음엔 5년 동안 참여할 거라는 생각은 꿈에도 하지 못했다. 학사일정 등 다양한 스케줄 때문에 참여하지 못할 가능성이 있었기 때문이다. 더불어 16년부터는 사업을 시작했기 때문에 참가 가능성이 더욱 미지수였다.

하지만 간절히 원하면 이루어진다고 했던가, 학교에 양해를 구하면서까지 10박 11일을 다녀왔고, 다양한 일정 조율을 통해 시간을 만들었다.

처음에 행복시장원정대에 참여한 이유는 전통시장에 대한 애정이 대단했기 때문이 아니었다. 단순히 긴 시간 동안 국내여행을 무료로 할 수 있다는 것에만 매력을 느꼈다.

그런데 두 번, 세 번 참여하다 보니 점점 전통시장의 진가를 느꼈다. 전통시장의 구조, 시장상인들의 애로사항, 정부에서 주도하는 시장활성화 사업, 청년들이 운영하는 청년몰 등 다양한 전통시장의 모습을 보며 사명감을 가지게 되었다.

마냥 좋았다. 비슷한 나이 또래끼리 긴 시간 여행을 해본 적이 없었기 때문에 함께 시장을 다니고, 관광을 하며 사진을 찍어주고, 밥을 먹고, 차를 타면서 저녁 시간을 보내는 하루하루가 참 즐거웠다.

그렇게 4년을 더 참여했다. 비슷한 포맷이었지만, 그동안 가보지 못했던 시장들을 돌아볼 수 있었다. 여행을 자주 가는 편이지만 대한민국 방방곡곡 전통시장들을 가볼 수 있는 기회는 흔치 않았기에 더욱 소중한 경험이었다.

행복시장원정대 활동을 통해 정읍, 홍성, 공주, 여수, 정선, 춘천, 제천, 논산, 단양, 괴산 등 소도시의 전통시장을 방문하면서 사라져가는 우리 시장에 대한 매력을 발굴하는 데 집중했다. 5년

간의 활동을 통해 전통시장을 매우 사랑하게 되었다. 매년 빠지지 않고 이 활동에 참여할 수 있음에 감사함을 느낀다.

우리들의 행복한 시장 만들기! 괴산시장에서 열린 축제에서 페이스페인팅

평소에 시장에 대해 부정적으로 생각했던 것들이 있었는데 왜 그럴 수밖에 없는지 이유를 알게 되면서 인식도 변화되었다.

우리가 흔히 생각하는 시장의 위생문제, 카드결제가 안 되는 문제, 주차장이 없거나 협소한 문제, 무거운 물건을 계속 들고 다녀야 하는 문제, 비가 오면 그대로 맞고 다녀야 하는 문제, 갈수록 이용객이 줄어드는 문제, 상인들의 인식전환의 필요성 등 다양한 부분에 대해서 개선이 이루어지고 있는 곳들이 많다.

사실 시장은 여러 사람들이 함께 일하는 공동체이고 첨예한 이해관계들이 얽혀있기 때문에 모든 걸 곧바로 바꾸기는 쉽지 않다.

시장에 대한 역사를 이해하고 지금까지 온 과정들을 살펴보다 보면 문제점들이 불편하게만은 느껴지지 않았다. 하지만 관광객들을 맞이하려면 분명히 더 나아져야 되는 부분들이 보이기도 했다.

5년 동안 행복시장원정대를 통해 전국의 문화관광형 시장을 다니면서 공부하고 배웠다. 더불어 함께 사는 마을 공동체를 회복하기 위해서 앞으로 어떻게 해야 하는지에 대한 고민도 하게 되었다.

사실 전통시장은 내가 나고 자란 곳이자 추억이 깃든 곳이다. 고모가 일하던 모습을 보고 손을 잡고 따라 다니던 그때 그 시장은, 한 집단이 문화를 공유함과 동시에 새로운 문화를 탄생시키는 곳인 것이다.

행복시장원정대 활동을 하면서 시장에 매료되어 많은 조사를 했고 그러던 중 시장 상인들과 방문객의 이야기, 상인회와 문화관광형 시장 사업단의 설명을 통해 전통시장의 본질적인 문제를 알게 되었다.

주차장이 없어 접근 자체가 불편한 점, 주차장이 있어도 시장과의 거리 때문에 장을 본 후 무거운 짐을 주차장까지 들고 가야 한다는 점, 카트가 없어 짐을 들고 다녀야 하는 점, 카드결제가 되지 않는 점, 깨끗하기 않은 점, 여름에 덥고, 겨울에 추운 점, 상인들의 불친절, 현실과 동떨어진 정부지원사업 등등….

‘문화를 통한 전통시장 활성화 시범사업’인 문전성시 프로젝트는 중소기업청과 소상공인시장진흥공단에 의해 2008년 시범사업으로 출발하여 전통시장에 고유의 문화를 가미하고 관광명소로 육성하자는 취지로 진행되어 온 사업이다.

지역주민 거주지 인근의 지역형, 생활형, 골목형 시장을 대상으로 상인이 문화적 활력을 갖고, 지역주민 또한 시장에 대해 새로운 인식을 가지게끔 하며, 청년 및 예술가들에게 점포를 내주거나 도시락카페 같은 이색사업을 벌여왔다.

하지만 막상 현장에서는 불만의 목소리가 고조되고 있었다. 이외에도 다수의 시장지원 프로그램과 시장 설비의 재정비 지원 등 여러 사업들이 범람했지만 그것이 발길이 끊어져 가는 전통시장에 활력을 불어넣지는 못했다.

나는 행복시장원정대를 다녀온 이후 주식회사 새늘투어를 설립하게 되었고 새로운 프로그램 및 상인과 고객이 주축이 되어 시장을 활성화시키는 방안에 대해 천천히 접근하고 있다.

전통시장이 관광명소가 되어 투어 상품이 개발되고, 자연스럽게 관광객을 유입할 수 있는 방법, 시장 안에서 청년들이 운영하는 공간을 만들어 지역사회 구성원들이 새로운 문화를 만들어나갈 수 있는 방법 등을 생각해 본다.

나는 당시 이런 나의 마음들을 SNS를 통해 충분히 표출하면서 시장 홍보대사의 역할을 톡톡히 해냈다. 그런 과정들이 있었기 때문에 훗날 '여행'과 '시장'을 담은 사업 아이템을 구상할 수 있었던 것 같다.

7
| 우물 안 개구리에서 벗어나기 |

키오스크 '별하'는 2014년 한국청소년활동진흥원 청소년교류센터에서 청소년 국제교류활동의 사후활동을 지원하기 위해 조직한 활동이다. 청소년교류센터란 국제화, 개방화 시대에 청소년의 국제적 능력배양을 통한 글로벌리더십 함양, 국가 간의 우의와 협력 증진 등을 목적으로 하는 청소년의 국제적 활동을 지원하는 센터이다. 정부차원에서는 여성가족부가 '국가 간 청소년교류', '청소년 해외체험 프로그램', '국제행사 개최 및 지원' 등의 사업을 시행하고 있다. 14년도 이전부터도 이런 국제교류 프로그램의 사후활동을 지원하는 조직은 있었지만, 공식적으로 '별하'의 이름을 가지고 활동하는 것은 이때가 처음이었다. 키오스크 별하는 '세상의 울타리'라는 순 우리말로 청소년교류센터의 모든 국제교류프로그램 참가 청소년(키오스크) 중 사후활동 활성화를 위해 적극 활동하는 운영진을 뜻한다. 키오스크 별하는 1년 동안 수차례의 정기회의, 국가 간 청소년 교류 초청교류사업 운영지원, 청소년교류센터 내의 사업 행사 운영보조, 국제교류 프로그램 홍보 등의 업무를 맡게 된다.

나는 1기였던 14년도에는 부회장, 2기인 15년도에는 회장으로 약 2년간 활동을 하였고, 사후활동을 활성화하는 일에 최선을 다했다.

기존에 있는 관행들을 바꾸려는 시도에 많이 힘들어했던 것이 사실이다. 여러 이유로 인해 16년도에는 기관의 사정으로 더 작은 조직으로 변화되었다.

2년간 조직에 몸담으면서, 임원진을 역임하면서 배운 점이 많다. 2013년 국가 간 청소년 교류 프로그램에 지원할 당시, 지원서에 "차후 참가자들과 지속적으로 만날 수 있는 모임을 만들어 의견을 교환하고 좀 더 나은 파견활동이 될 수 있도록 도움을 줄 것이다."라는 말을 언급한 적이 있다.

국제교류에 굉장히 관심이 많았던 나에게 터키에서의 경험은 사후활동으로 이어졌고 1기에 이어 2기 활동까지 약 2년 동안 별하에서 내가 한 말을 수행하게 되었다. 대학생인 나에게는 그 시간이 결코 짧지 않았다.

회장을 역임한 15년도 2기 활동 시에는 상반기엔 학교생활을 하면서, 하반기엔 휴학을 하면서 활동을 이어나갔다. 학교생활을 할 때는 박람회도 준비하느라 코피도 여러 번 쏟았지만 쏟은 열정만큼이나 값진 경험으로 많은 것들을 배울 수 있었던 시간이었다. 함께 소통하며 부대끼고 알아가는 것은 물론이고 서로간의 신뢰를 바탕으로 더 나은 결과를 향해 나아가는 모습을 몸소 느꼈기 때문이다.

14년도 당시엔 부회장을 역임하면서 사후활동의 우수활동자로 선정되어 한국청소년활동진흥원의 이사장상을 받았는데, 이때 별하 1기에서 2기를 잘 운영할 수 있는 발판을 마련했다는 성과를 거두었다고 이야기하였다. 15년도 때는 2기에서 이어 받은 발판을 잘 활용하면서 장기적인 사후활동의 방향성을 제시했던 한 해였다.

2기로 넘어가면서 빠른 시간 속에 별하가 많은 청소년들에게 각인될 수 있었다. 국제교류프로그램 또한 별하 활동에 힘입어 많은 홍보효과를 거두었다. 게릴라 홍보, 박람회 등의 행사를 통해 다양한 청소년들을 만났다. 이제 별하는 국제교류프로그램의 사후관리 조직으로는 빠질 수 없는 조직이 되었다. '공동의 노력'이 빛을 발했던 한 해가 이루어낸 성과다.

2년 연속 임원을 하면서 평소에 '사후활동을 이렇게 했으면 좋겠다'라는 생각을 적극적으로 꺼내어 실천에 옮길 수 있었다. '국제교류프로그램 청소년 대표 간담회'는 그 대표적인 성과이다.

지난 5년 동안 여성가족부와 한국청소년활동진흥원에서는 국제교류 프로그램을 통해 수천 명의 학생들을 해외파견해 왔지만 파견을 하고 난 후의 교류는 거의 없다시피 했다. 우리는 사후 활동을 활성화하기 위해 연락체계를 재구축하고, 파견을 다녀온 사람들을 최대한 다시 초대하여 '홈커밍데이'를 기획하기 위해 우선 파견을 이끌었던 대표 분들을 모셔 간담회를 열게 되었다. 청소년교류센터가 설치된 이후 처음 있는 일이였다.

나는 14년도에는 회장과 단원들 사이를 중재하는 역할이었지만, 본격적으로 회장의 역할을 맡은 15년도에는 별하 내부적으로 청소년교류센터와의 소통을 재정비하고 서로 신뢰하는 관계가 되기 위해 많은 노력을 기울였다. 별하가 기획하고 실행하는 모든 행사를 효율적으로 진행하기 위해 청소년교류센터 담당 선생님들과 카카오톡으로 실시간 소통하고 즉각 피드백을 받을 수 있도록 하였다. 청소년들이 받는 교통비도 빠른 시일 내에 지급받을 수 있도록 개선하였다.

나의 키워드는 '소통'이라고 얘기할 수 있다. 그만큼 제일 신경을 썼던 부분이다. 더 많이 대화하고, 더 많이 이해하고, 더 많이 생각했다.

2015년, 청소년교류센터 별하 2기 워크샵, 부산 송정해수욕장에서

국제교류프로그램 활동은 청소년들에게 가장 유익한 활동이다. 외국인 친구들을 만날 기회가 많고, 외국을 방문할 기회도 많으며, 국제교류프로그램에 관심이 많은 친구들 역시 한꺼번에 다 만날 수 있기 때문에 성장하는 데 많은 도움이 된다. 정부에서는 기초생활수급자인 대학생들에게 많은 혜택을 주고 있다. 기초생활수급자가 되면 생계비, 주거급여, 교육급여, 공과금 할인, 문화활동 지원 등 현금지원 외에도 정부가 운영하는 다양한 프로그램에 참여하였을 때 가산점이나 참가비 지원 등의 다양한 혜택이 있다.

수많은 사람들과 교류를 하니 이런 좋은 프로그램이 훨씬 많이 있다는 것을 알게 되었고 내가 돈 들이지 않아도 해외에 갈 수 있는 방법이 수십 개에 달할 정도로 많다는 사실도 알게 되었다. 해외봉사, 단순여행, 탐사, 탐험 등의 다양한 주제로 정부

부처에서 실시하는 다양한 해외탐방 프로그램들이 정말 많았다.

청소년 시기에는 여성가족부에서 주최하는 활동들을 눈여겨볼 수 있고, 대학생이 되면 국가보훈처, 외교부, 중소기업벤처부, 과학기술정보통신부 등 다양한 정부 부처에서 운영하는 해외탐방 프로그램을 이용할 수 있다. 국제협력 대표기관인 KOICA에서도 해외봉사단 선발을 한다.

이 외에도 대학교, 대기업, 공기업, NGO에서도 정말 많은 프로그램들을 운영하고 있다. 예를 들어 현대자동차의 '해피무브', G마켓의 '해외봉사단', 국민은행의 '해외봉사단'을 포함하여 한전과 인천공항공사, LS에서도 해외봉사단을 운영하고 있다.

다 나열하지 못할 정도로 너무 많기 때문에 꼭 검색해 보기 바란다. 다양한 활동들로 많은 경험을 쌓아 내가 잘할 수 있는 게 무엇인지 찾는 데 도움이 되었으면 좋겠다.

해외탐방을 제외하더라도 국내탐방, 봉사활동, 직무관련 활동(마케팅, 경영 등)까지 하면 20대 때 할 수 있는 프로그램들이 수백 가지가 넘는다. 본인의 진로상에서 하고 싶은 프로그램들을 선택하면 된다.

이 프로그램들을 활동하면서 만날 수 있는 또래 친구들, 선배, 후배들이 무수히 많다. 그들을 통해 배우고 느낄 수 있는 것들도 그만큼 늘어난다. 우물 안에 살다가 세상 밖으로 나오게 되는 것이다.

이런 프로그램들은 청춘이 누릴 수 있는 특권이다. 20대가 지나면 지원할 자격이 되지 않으니 내가 직접 비용을 들여서 해야 할 수밖에 없다. 그러니 무엇을 하든 도전이 가능한 20대 때 전부 시도해 보라.

나는 이러한 활동을 하면 할수록 매력을 느꼈고, 중독된 것처럼 끊을 수 없었다. 이러한 활동들이 나에게 제공하는 것이 너무나 많았고 많은 사람들과 어울리면서 얻을 수 있는 정보들 또한 아주 값진 것이었기 때문이다.

학교 수업과 대외활동을 병행하는 것이 힘들긴 했지만, 포기하기엔 너무 아쉬웠기 때문에 대외활동 운영기관에서 발급해 준 출석공문으로 출석을 대체하면서까지 활동에 전념했던 시간들이 있다.

나중에는 교수님에게 꾸지람을 들을 정도였다. 왜 이런 좋은 활동들을 혼자서만 하느냐는 것이다. 대외활동만 하고 학교생활을 하지 않으면 동문이나 선배들 사이에서 멀어질 수도 있는데 괜찮냐는 이야기도 하셨다.

좋은 활동들을 친구들에게 많이 이야기했지만 친구들은 도전하지 않았다. 내 인생 살기도 바쁜 와중에 친구들의 인생까지 챙길 여유가 없었다.

교수님의 말씀은 충분히 이해는 했지만 지금도 후회하지 않는다. 오히려 그때 내가 활동을 하지 않았더라면 이만큼 올라설

발판조차 없었을 것이다.

대외활동을 하면서 학교 성적은 늘 중간이었다. 1학년 때 성적장학금을 받은 이후 2, 3학년 때에는 성적이 그리 높지 않아 더 이상 성적장학금은 받을 수 없었다.

4학년 1학기 되던 해, 마지막으로 한 번 더 성적장학금을 받아 보고자 마음을 먹고 수업과 프로젝트 준비를 열심히 했고 소원대로 이루어졌다.

많은 또래아이들과 마찬가지로 나 역시 대학시절 초반에는 취업하는 것만이 살 길이라고 생각했다. 그런 생각이 변했다. 새로운 정보를 얻는 데 한계가 있었는데, 대외활동을 하면서 그 한계를 극복한 것이다. 나보다 훨씬 좋은 대학을 다니는 친구들을 보면서 자극을 많이 받았다. 이들은 생각이 굉장히 트여있었고 보는 시야가 넓었다. 넓게 바라보는 친구들과 함께 이야기를 나누면 자연스럽게 나도 보는 시야가 넓어진다. 예를 들어 대외활동, 기업 인턴, 청년창업, 아르바이트 등 다양한 면에서 기존에 내가 생각하고 있었던 것보다 훨씬 다양한 정보를 얻을 수 있다. 실제로 나도 대외활동을 하면서 또 다른 대외활동에 대한 정보를 얻어서 도전을 할 수 있었고 그러다 보니 창업으로 이어지게 된 케이스이다. 어떻게 하면 창업할 수 있는지, 청년창업 지원사업에 대한 정보들도 얻을 수 있었다. 만약 대외활동을 하나도 하지 못하고 이런 친구들과 이야기 나눌 기회가 없었다면 취업만이 살길이라 생각했을 것이다.

이들은 우리나라뿐만 아니라 전 세계를 무대로 삼고 준비를 하고 있었다. 다양한 친구들과 교류를 하니 나도 자연스레 세계를 무대로 삼고 싶은 꿈이 생겼다.

한 번 더 강조하고 싶다. 20대 때 내가 무엇을 해야 될지 고민될 때는 주저 없이 다양한 경험을 통해 내가 무엇을 좋아하는지 찾아야 한다. 그것에 사용할 수 있는 방법 중 하나가 '대외활동'이니 많이 활용하라.

보통 대학생들은 만나는 사람들은 '우리 학교' 사람들이 대부분이다. 상황이 이렇다 보니 자연스럽게 내가 듣는 이야기들은 학교와 관련된 이야기이거나 다른 주제가 있더라도 상당히 한정적일 수밖에 없다. 그렇다보면 아무래도 시야가 좁아진다.

대외활동을 하게 되면 상황이 많이 바뀌게 된다. 내가 다니는 학교 말고 전국의 다양한 학교에서 다양한 공부를 하는 친구들을 만날 수 있으며, 학생 때는 만나기 힘든 기업의 임직원들과 교류할 수 있는 기회를 가질 수도 있다.

대외활동을 안 한다고 해서 좋은 사람들을 만나지 못한다는 말은 아니다. 하게 되면 더 많은 사람들을 만날 수 있다는 것이다. 같은 서류, 면접 등의 절차를 거쳐서 선발된 사람들이기 때문에 나와 비슷한 사람들 만날 수 있다는 점도 장점이다.

두 번째로 대학생이 쉽게 할 수 없는 일들을 경험할 수 있다.

남들 다 간다는 어학연수, 교환학생도 가보고 싶었고 해외여행도 해보고 싶었는데 당장 모아놓은 돈은 없었기 때문에 늘 학교에서 공고문을 볼 때면 여러 번 좌절했었다.

그 와중에 경비를 전액 지원해 주는 해외탐방, 해외봉사활동 프로그램들을 보고 내 돈 한 푼 들이지 않고서도 여권에 도장을 찍을 수 있다는 사실을 알게 되었다. 어려운 경제적 상황에서도 여러 활동을 경험해 볼 수 있다는 것이 너무나 좋았다.

터키에서 국빈방문에 버금가는 대접을 받은 경험은 일생을 살면서도 하기 힘든 일일 것이다. 더군다나 청소년 때 이런 경험을 미리 한다는 것은 앞으로 내가 꿈을 가지고 살아가는 데 있어 얼마나 많은 도움이 되는지 될 것인가? 상상해 보기 바란다.

일반인은 평생 중앙아시아를 방문하기가 쉽지 않은데, 두 달 가까이 우즈베키스탄에서 직접 기획한 일을 하면서 IT교육을 하고, 또래의 친구들과 함께 시간을 보내면서 고민을 나누고, 현지 생활에 녹아들며 우리나라의 문화를 알리는 보람을 느끼는 경험들은 그저 즐거움을 찾기 위해 여행하는 것과는 또 다른 차원의 양분을 제공해 준다.

'사람'과 '경험'을 얻고 싶다면 꼭 도전을 했으면 한다. 아무거나 해서 향후 취업지원서에 한 줄 더 채워 넣어야겠다는 생각보다는 나에게 정말 필요한 부분을 공급해 줄 수 있는 활동을 중심으로 찾아보라. 정말 많은 도움을 받을 수 있을 것이다.

나는 이러한 활동을 통해 아직도 연락을 하고 서로 상생할 수 있는 관계를 가지고 있는 사람들이 많다. 그 사람들에게서 얻은 정보나 통찰력을 통해 내 삶에도 많은 변화가 왔다. 취업이 아닌 창업의 길이 있다는 것도 알게 되었고, 창업을 하기 위해서 여러 창업지원사업에 아이디어를 가지고 응모할 수 있다는 것도 알게 되었다.

그리고 무엇보다 이런 다양한 경험들을 통해 다양한 일에 도전할 수 있는 용기와 자신감을 얻었다.

이처럼 경험에서 우러난 용기가 없었다면 여행사를 창업하려고 마음을 먹는 것도 어려웠을 것이다.

이때 만났던 사람들이 지금 고객으로 오기도 하고, 입소문을 내주기도 하는 등 또 다른 방향으로 많은 도움을 주고 있다. 무엇보다 '잘될 거야'라고 응원해 주는 것이 가장 큰 힘이 된다.

가정형편이 어려운 친구들도 대외활동은 충분히 할 수 있다. 진부한 말일 수 있지만 '일단 해봐야' 안다. 아르바이트를 하면서도 가능한 활동들이 많으니 반드시 참고해서 꼭 시야를 넓히도록 하자.

어떤 식으로 활동계획서를 쓸까?

1. 자신에게 도움이 되는 대외활동을 고르는 방법!

1) 최소 3회 이상 진행되고 있는 대외활동을 지원하면 좋아요.

회차를 거듭할 때마다 활동 소감이나, 활동내용들이 SNS나 블로그 통해 정보가 쌓이기 때문에 자신에게 어떤 활동이 맞는지 쉽게 찾아볼 수 있습니다.
절대 급하다고 아무 대외활동을 지원하진 말아요.

2) 이력서에 쓰지 못할 대외활동은 되도록 피하세요.

내가 나중에 취업할 때 자소서에 녹일 수 있는 활동을 하는 게 좋습니다.
전공과 관련이 되어있거나, 내가 나중에 어떤 직무 또는 회사에 갈 건지 미리 계획한 후 대외활동은 고른다면 훨씬 더 쉽게 고를 수 있겠지요.
은행권, 물류기업, 공인재단 등의 대외활동의 경쟁률이 높은 것은 그만한 이유가 있습니다.

물론 취업을 떠나서 내가 경험해 보고 싶다, 안 하면 후회할 것 같다고 생각되는 활동이 있다면 그것은 반드시 해야겠지요.

3) 마음에 드는 대외활동을 발견했다면 일단 지원하세요.

대학생활 금방 지나가는데, 이것저것 안 하다가 보면 벌써 4학년입니다.

예를 들어 “이거 마음에 드는데, 알바시간이랑 겹칠 것 같은데” 이런 생각들이 분명 있을 텐데, 일단 합격하고 나서 고민하세요.

경쟁률이 심할 것 같은데 써도 안 될 것 같은데 해도 될까 하는 고민이 된다면 이것 역시 일단 해보라는 말씀 드립니다. 다들 그런 생각으로 지원하니까요.

4) 합격했다면 기록하세요!

대외활동에 합격하셨다면 보통은 1달~1년 정도 하게 됩니다.

이 과정에서 진행한 것, 모임, 미션 등등을 사진 또는 기록으로 남겨두세요.

나중에 자기소개서 작성할 때 큰 힘이 됩니다.

2. 자소서 팁

1) 자신의 강점을 보여줄 수 있는 '키워드'를 찾아라!

나의 어린 시절, 가정환경부터 쭉 늘어지는 평범한 내용으로 자소서를 채울 경우, 대외활동 담당자는 지루한 자소서로 인식할 수 있어요.
자신의 강점을 잘 드러내줄 수 있는 핵심 키워드를 내세워 강한 인상을 글에 녹이면 담당자도 열심히 읽어보겠죠?

2) 대외활동에 관해 최대한 자세히 알아보자!

지원하는 대외활동의 활동과 맡은 임무가 무엇인지를 '구체적으로' 파악하는 것이 중요해요. 지원 동기나 대외활동의 실제 목적이나 업무가 불일치할 경우 성의 없는 지원자로 간주될 수 있어요.

3) 일관성을 지켜야 해요.

자소서를 써 내려가면서 일관성이 없으면 지원자가 솔직하지 못하다고 생각하여 신뢰를 잃게 됩니다. 그 때문에 모순되는 서술을 해서는 안돼요.

4) 팩트에 역량을 곁들여라!

자기소개서 작성 시 '팩트에 역량을 곁들여 작성하라'고 말하고 싶습니다. 활동경험 이야기만 하는 것이 아니라 자신이 어떤 역량을 갖고 있는지도 서술하라는 것입니다. 커리어가 없다면 자신이 했던 동아리나 팀플 등 교내활동이라도 적어 내길 바라요. 어떤 일들을 했고 자신의 포지션을 무엇이었고 문제 발생 시 어떻게 해결했는지, 그 과정에서 무엇을 배웠는지 적으면 개성 있는 자기소개서가 될 것입니다.

5) 영상, 디자인할 수 있으면 유리해요 !

영상과 카드뉴스 제작 능력이 있으면 좋아요. 서포터즈나 마케터 활동뿐만 아니라 봉사단 활동 시에도 콘텐츠 제작을 요구하는 활동들이 많이 있어요. 자신이 만약 콘텐츠 제작 능력을 가지고 있다면 꼭 어필해서 높은 점수를 받길 바라요.

자기소개서 항목엔 자기소개, 지원동기, 활동경력, 활동계획, 추가로 아이디어 노트를 써 내는 것도 좋습니다. 자신이 경험했던 대외활동이 없다면 동아리나 팀플 등 교내활동이라도 적으면서 무엇을 했고 어떤 걸 배웠고 느꼈는지를 구체적으로 서술하면 긍정적인 평가를 받을 수 있을 것입니다.

대외활동 주최 측에서는 '포트폴리오'를 요구하지 않았지만 따로 제출을 많이 하는 추세입니다. 자신이 활동한 것들을 가독성 있게 예쁘게 정리하고, 활동내용과 활동사진 그리고 해당기업에 대한 관심(○○기업에서 하는 ○○이벤트에 당첨된 적이 있다)을 구체적으로 보여줄 수 있다면 더없이 좋을 것입니다.

제4장

버텨낼 수 있는 이유, 여행

1

| 보호종결아동의 해외여행 가는 법 |

대외활동을 하면서 꾸준히 병행한 게 있다면 바로 '여행'이다.

〈훈이의 여행 연혁〉

2011년

7월 태국 패키지 여행

2012년

8월 베트남, 캄보디아 여행

2013년

9월 라오스 여행
12월 대마도 여행

2014년

1월 동남아 일주

2015년

1월~3월 동남아 일주, 일본, 말레이시아, 미얀마. 중국여행

2016년

필리핀, 중국여행

2017년

1월~3월 동남아 일주

2018년

필리핀, 태국, 일본 여행

국가 간 청소년 교류 터키 파견 당시, 카파도니아

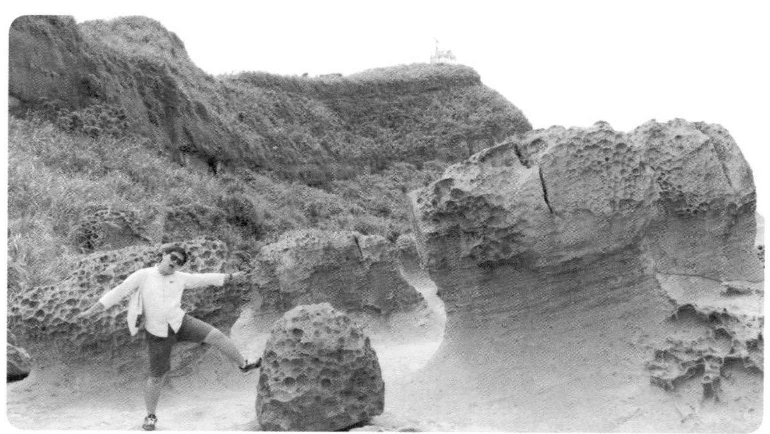

2015년 대만 예류지질공원

2014년 캄보디아 씨엠립 앙코르와트

정리하면서 보니 그동안 참 많이 다녔다는 생각이 든다. 미처 언급하지 못한 해외여행도 있을 것이다.

앞서 말했지만 절대 돈이 많아서 다닐 수 있었던 건 아니다. 그때그때 모은 돈이었고, 배낭여행으로 최대한 아끼며 다녔다.

지금까지 다닌 여행지를 살펴보면 편애한다고 느낄 정도로 '동남아' 위주로 여행을 많이 했다. 그만큼 동남아시아를 너무 사랑한다. 물론 처음엔 학생 신분으로서 '동남아 여행'이 비교적 저렴한 비용으로 다녀올 수 있는 곳이었기 때문에 선택한 것이었지만, 그 이후에 큰 매력을 느끼면서 지속적으로 동남아 여행을 떠났다.

여행은 너무 권장하고 싶다. 예전에는 해외여행은 사치라는 말이 있었지만 요즘은 시대가 많이 달라졌다. 오히려 조금 무리를 해서라도 다녀오는 것을 추천한다. 내가 여행을 안 좋아하는데 억지로 갈 필요는 없다. 다만 여행은 내가 가진 안목과 시야를 넓히는 데 있어 가장 좋은 수단이라고 생각한다.

실제로 내가 해외여행 또는 해외봉사활동을 다녀오지 않았다면 세계인들은 어떤 방식으로 살아가는지, 어떻게 생활하는지를 통해 영감을 얻을 수 없었을 것이다. 치앙마이를 가면 많은 디지털노마드(일과 주거에 있어 유목민처럼 자유롭게 이동하면서 일하는 사람들)를 볼 수 있다. 이들이 살아가는 모습은 내가 가장 감명 받았던 삶의 방식 중 하나였다.

어떻게 하면 적은 비용으로 긴 여행이 가능할까?

3개월 동남아 여행을 기준으로 먼저 이야기해 보자. 3개월 여행이 400만 원에 가능할까?

쉽게 생각해 보면 한 달에 133만 원을 써야 된다는 이야기다. 이 비용에는 비행기 왕복 항공권, 숙박비, 여행자보험, 식비, 교통비, 유흥비 등이 다 포함되어 있다.

동남아의 허브 공항은 바로 태국의 수도인 방콕의 수완나품 공항이다. 어디를 가든 이 공항을 거쳐 다른 나라로 쉽게 갈 수 있다.

동남아시아 지도를 펼쳐보자. 지도가 없다면 상상을 해보자.

동남아시아는 인도차이나반도와 그 남동쪽에 분포하는 말레이 반도까지를 일컫는다.

여기에 포함되어 있는 나라들을 제일 오른쪽부터 왼쪽으로 나열해 보자면,

베트남, 라오스, 캄보디아, 태국, 미얀마, 말레이시아, 싱가포르, 인도네시아 , 필리핀, 브루나이가 있다.

내가 태국에서 여행을 시작한다면 시계방향 혹은 반시계방향으로 여행계획을 짜게 된다.

태국에서 시작해서 한 바퀴 돌고 다시 태국으로 돌아와 한국으로 귀국한다는 가정하에 생각해 보면,

우선, 방콕행 왕복 항공권의 가격은 평균 30만 원.
(프로모션이나 비수기에 간다면 더 저렴하게 구할 수도 있다)

숙소 게스트하우스 하루 평균 6달러 × 80일 = 56만 원.
(90일 중 80일만 잡은 이유는 약 열흘 정도는 장시간 슬리핑버스를 타고 국가 간 또는 도시 간 이동을 하기 때문이다)

교통비 (4~5개국, 비행기 포함) 약 30만 원.
(동남아시아는 국가 간, 도시 간 버스로 거의 다 이동할 수 있다. 오래 걸리지만 비교적 편안해 많은 사람들이 이용하고 있다. 또한 버스를 타면 시간은 오래 걸리지만 비용은 많이 절약할 수 있다. 젊을 때 할 수 있는 일이다)

하루 생활비 3만 원 × 90일 = 270만 원.

(여기에는 시내 안에서 교통비, 관광지 입장료, 식비, 간식비 등 하루에 필요한 비용 모두가 포함되어 있다. 최대한 예산 내에 쓰려고 노력했다)

갖고 싶은 것 구입비 약 15만 원.

이정도 예산을 잡으면 400만 원을 가지고 90일간 동남아 일주를 하는 것이 충분히 가능하다.

사실 예산도 중요하지만, 어디를, 어떻게 갈지 고민해 보는 것이 더 중요하다고 생각한다.

많은 나라를 방문할 것인지, 한 나라 안에서 많은 도시를 갈 것인지.

나도 첫 여행 땐 무조건 많은 나라를 방문하는 것이 좋았다. 모든 것이 처음이었기에 많은 나라의 수도와 그곳의 랜드마크들을 꼭 가보고 싶었기 때문이다.

하지만 여행을 다닐수록 그 나라의 '소도시'가 참 좋아 이제는 한 나라 안에서 비자 만료일까지 오래 머무는 여행을 지향한다.

아무튼 이렇게 충분히 저렴하게 여행이 가능하다. 절대 돈이 없어서 여행을 못 간다는 말을 하지 말자. 이 정도 돈을 모을 의지가 없는가? 시간이 없다면 여행 기간을 줄일 수도 있다. 그러면 더 저렴한 예산을 가지고 여행을 갈 수 있을 것이다.

2013년 연변 교육봉사 당시 백두산 천지

2013년 라오스 루앙프라방 꽝시폭포

여행은 언제나 돈의 문제가 아니고 용기의 문제다

- 파울로 코엘료

꼭 몇 달씩 갈 필요는 없다. 3박 4일도 좋고 2박 3일도 좋다. 아니 1박 2일 국내여행도 좋다.

2

| 세상을 바라보는 또 하나의 눈을 얻다 |

에피소드1. 스피드보트

태국 치앙마이에서 라오스 루앙프라방으로 넘어가는 배낭여행객들이 많다. 태국과 라오스가 맞닿아 있는 국경의 도시는 '치앙콩'이라는 도시였고 이곳은 라오스 화폐를 쓸 수 있다. 이 구간은 예로부터 매우 험한 길로 유명하다. 그래서 육로로 가는 것보다는 스피드보트(6시간), 슬로우보트(1박 2일)를 타고 건너가는 여행객들이 많다.

친구 둘과 함께 여행을 하기로 하고, 일단 버스를 타고 가기로 결정했다. 버스 티켓을 구매하기 위해 치앙마이 님만해민에 위치한, 여행사 업무도 함께하는 게스트하우스를 찾았다.

우리는 치앙마이에서 루앙프라방까지 가는 버스 티켓을 구매했다.

다음 날 티켓을 들고 약속한 시간에 게스트하우스 앞으로 갔고 우리를 픽업해 줄 뚝뚝이TUKTUK가 우리를 데리러 왔다. 우리는 뚝뚝이를 타고 치앙마이 버스 터미널로 향하였다. 버스 터미널에서 루앙프라방으로 가는 버스는 15인승의 작은 봉고였다.

45인승 버스를 예상했으나 아니었다. 15인승 봉고에 기사를 제외한 14명을 꽉 채워 앉았다. 각자의 짐들도 다리 밑에 놔두거나 의자 사이 빈곳에 꾸역꾸역 집어넣었다. 베테랑이었다.

우리는 좁디좁은 봉고에 앉아 옆 사람과 팔을 겹친 채 국경까지 출발하게 되었다.

우리는 약 7시간을 달려 치앙콩에 도착했다. 치앙콩에서 루앙프라방으로 들어가는 연결편 버스를 갈아타야 했는데 갑자기 티켓을 확인하는 직원이 우리에게 '스티커'가 어디 있냐고 묻는다.

우리는 따로 받은 스티커가 없다고 했고, 우리가 가진 이 티켓이 루앙프라방까지 가는 티켓 아니냐고 되물었다.

티켓에 루앙프라방 씌어있지 않냐고 물었지만 현지 직원은 더 이상 우리 이야기를 들어주지 않고 유유히 사라져버렸다.

우리는 뭔가 이상하다는 낌새를 느꼈고, 함께 여행 간 동생이 나보다 영어를 잘해 다른 사람들은 어떻게 가는지 물어보라고 했다. 다른 사람들은 몸에 스티커를 부착하고 있었고 곧 오는 버스를 타고 이동한다고 했다. 그동안 우리는 그 스티커가 어디를 관광하는 사람들이 받아서 떼지 않고 있었다고만 생각했다. 그 스티커가 연결편 버스를 탈 수 있는 티켓의 역할을 하는지는 꿈에도 몰랐다. 그제서야 게스트하우스에서 잘못된 티켓을 발권했다는 것을 알게 되었다. 당장 루앙프라방을 갈 수 없다니, 루앙프라방에 예약해 둔 숙소값 하루치를 날려버리고, 치앙콩에서 강제로 1박을 하게 생겼다.

우리는 일단 터미널을 빠져나왔고, 근처 숙소부터 찾았다. 국경이라 잘 수 있는 숙소가 많이 보이지 않았다. 그나마 깔끔해 보이는 숙소로 들어갔다. 들어가자마자 얼마냐고 물으니 1박에 3달러라고 했다. 다른 곳보다 저렴해 우리는 이곳에서 자기로 결정했다. 정원이 예뻤기 때문에 술을 마시며 멍한 마음을 달래고자 했다.

방으로 들어가는 순간 충격에 휩싸였다. 하얀 침대보에 검게 그을려 있는 자국이 보였다. 설상가상으로 화장실에 갔더니 세면기에 온갖 모래와 낙엽들이 쌓여있었다. 여기서 자다가 베드버그에 물리지 않을까 걱정이 샘솟았다.

근처 편의점에서 라면과 술을 사 왔다. “여행할 때 이런 일도 생길 수 있지” 하며 서로를 다독여야 했다. 술기운을 빌려 지저분한 침대에 누워서 잘 수 있었다. 그렇게 다음 날 아침이 밝았다.

오늘은 무조건 라오스에 들어가야 했다. 버스는 오후 늦게야 갈 수 있다 해서 오전에 바로 출발 가능한 ‘스피드보트’를 타기로 했다. 스피드보트는 가장 빠르지만 가장 비싼 방법이다. 1인당 한화로 약 5만 원을 줘야 하니 말 다했다.

와이파이를 잡아 후기를 찾아보았다. 연결 상태가 매우 좋지 않았음에도 불구하고 꼭 후기를 봐야만 했다. 후기에는 온갖 부정적인 이야기가 난무했다. 스피드보트를 타다가 1년에 몇 명은 사망을 한다는 이야기에 건기에 물이 많이 없어 배가 전복될 위험이 크다는 말까지….

보면 볼수록 걱정이 되었다. 빨리 가려다가 괜히 봉변을

당하는 게 아닌가 싶었다. 하지만 '설마 최악의 상황이 생기랴'는 생각에 결국 보트를 타기로 결정했다. 헬멧을 쓰고 짐은 모아서 천으로 둘둘 감싸 보트 뒤에 두었다. 그렇게 조마조마한 여행길이 시작됐다.

8명이 2명씩 한 줄로 앉았고, 맨 앞, 맨 뒤는 보트를 운전하는 현지인이 앉았다. 보트의 시속은 60km로 굉장히 빨랐고, 체감상으로는 더 빠르게 느껴졌다. 물도 엄청 많이 튀었고 장시간 쪼그려 앉아보니 여간 불편한 게 아니었다.

가는 동안 안전하게만 가달라고, 살려만 달라고 오만가지 생각을 다 했던 것 같다. 그렇게 6시간을 버텼다. 건기여서 강에 물이 많이 없어 수위가 낮았기 때문에 바위들이 물 위로 드러나 있었다. 보트운전기사는 요리조리 신기하게도 잘 피해서 갔다. 곳곳에 있는 소용돌이도 거뜬히 지나쳤다.그렇게 간신히 루앙프라방에 도착했다. 내리자마자 완전 녹초가 되었다. 선착장에서 도심까지는 트럭 뒤에 앉아 시원한 바람을 맞으며 들어갔다. 이제 살았다 싶었다. 역시 간절히 원해서 그런가. 무사히 도착해서 너무 다행스러웠다.

에피소드2 . 지옥의 슬리핑버스, 택시기사

2015년 1월, 베트남에서 라오스를 육로로 넘어가는 국경에서

라오스 루앙프라방에서 시간을 보낸 뒤 다시 베트남 하노이로 버스를 통해 넘어가기로 결정하고 여행사에서 티켓팅을 하면서 몇 시간이 걸리는지를 물었다. 여행사에서는 24시간이 걸린다고 했고, 이미 긴 여정에 단련되어 있던 우리는 마음 놓고 티켓팅을 한 뒤 그날 밤 바로 출발하게 되었다.

라오스하면 샌드위치가 제일 유명한데, 다녀오신 분들은 공감할 것이다. 라오스의 방비엥에 가면 샌드위치 거리가 있다. 매일 아침식사를 이 거리에서 샌드위치로 해결하였다.

샌드위치 거리에 가보면 한 곳당 수십 가지 종류의 샌드위치를 판매한다. 가격은 우리나라 돈으로 1천 원~3천 원 사이로 퀄리티에 비해 저렴하다. 맛 또한 우리가 예상할 수 있는 바로 그 맛이다. 바게뜨에 상추, 양파, 햄, 계란, 소스, 베이컨, 새우, 옥수수, 닭고기 등 누구나 좋아하는 종류가 가득하다.

긴 시간을 이동해야 했기 때문에 1인당 2개의 샌드위치를 사서 버스를 탔다.

워낙 더운 동남아는 버스 안의 에어컨도 강하게 튼다. 처음엔 시원한 버스가 좋았지만 몇 시간이 지나면서 매우 추워졌다.

우리는 가지고 있는 겉옷 중에 가장 두꺼운 걸 꺼내서 덮고 잠을 청했다. 몇 시간 잠을 잤는데, 어디선가 망치소리가 깡깡 들리는 게 아닌가? 졸린 눈을 비비고 일어나 보니 버스가 산을 넘다 고장이 나서 기사들이 밖에서 버스를 고치고 있다고 한다. 우리는 이 타이밍을 이용하여 밖에 있는 화장실을 다녀왔다.

2시간이 지나도 버스는 고쳐질 기미가 보이지 않았고, 어딜 이동할 때 항상 긴장을 하는 나는 혹시 다른 버스가 올 때까지 또 대기해야 하는 것 아닌가 하는 우울한 생각이 들기 시작했다. 다른 외국인 관광객이나 현지 사람들은 이런 상황에 대해서도 아무 말이 없었다. 현지 사람들은 늘 있었던 일이라는 듯 망치소리에도 잠을 잘 자고 있었다.

3시간 가까이 지났을 때에야 가까스로 버스는 시동이 걸렸고, 다시 출발하게 되었다.

우리를 비롯해 함께 버스를 타고 있었던 우리나라 사람들은 성격이 급해 계속 불평, 불만을 했다. 버스 시설과 시간의 정확성 등 버스 시스템이 뛰어난 우리나라에서는 이런 일들이 상상도 할 수 없는 일이기 때문이다.

그렇게 하노이에 계획된 시간보다 12시간이 더 늦어서야 도착할 수 있었다. 총 36시간이 걸린 것이다. 그날 오후에 도착했어야 했는데, 다음 날 새벽에 도착하게 되면서 호텔에 늦게 체크인을 해야 하는 상황이 되었다.

우리는 모두 너무 피곤했기 때문에 얼른 택시를 잡고 호텔로 가려 했다. 피곤했지만 호객행위를 하는 기사들과 흥정을 하지 않을 순 없다. 구글로 대충 거리를 재보았고, 적당한 가격을 제시했다. 그런데 기사들은 새벽이고 어차피 다른 교통수단이 없어 무조건 택시를 이용할 거라는 생각 때문인지 요구하는 가격에 태워주려 하지 않고 버텅겼다.

우리는 그럼 '미터기'라도 켜달라고 요구했고, 기사는 수용했다. 그렇게 피곤한 몸을 이끌고 택시에 몸을 실었다. 버스에서 내려준 장소에서 도심까지는 꽤 거리가 멀었기 때문에 고속도로를 이용해야 했다. 기사는 통행료가 발생하니 그만큼 돈을 더 달라고 했고, 우린 알겠다고 답했다. 그런데 그 욕심 많은 택시기사가 고속도로를 달리다가 갑자기 미터기를 꺼버리는 게 아닌가? 항의하며 미터기를 켜지 않으면 절대로 돈을 줄 수 없다고 했다. 그랬더니 고속도로 갓길에 차를 세우고, 돈 안 줄 거면 여기서 내리라고 하는 것이다.

너무나 힘들었던 우리는 호텔에 도착해서 돈을 다시 흥정하기로 서로 입을 모았다. 기사에게는 알겠다고 하고 일단 가자고 했다. 시내에 진입할 즈음에 이르자 기사가 우리 호텔이 어딘지 잘 모르니 알려달라고 한다. 우리도 처음이기 때문에 잘 몰라서 구글맵을 이용해 확인을 해보았다. 호텔 주소를 검색하니 맵도 목적지를 명확히 안내해주지 못했다. 어쨌든 거의 다 온 것 같아서 내리기로 했다. 기사는 대뜸 택시비는 20달러라고 한다. 터무니없는 요구다. 우리는 이미 목적지 부근에 도착했기 때문에 당당하게 제 요금을 내겠다고 했다. 8달러 이상 줄 수 없다고 말이다. 기사는 다시 15달러를 요구했고 우리는 완강히 거부했다.

8달러를 손에 쥐어주고 가방을 메고 하차했다. 호텔을 찾아 걸어가는데 택시가 계속 우리를 따라온다. 혹시 무슨 일이 생긴다 해도 우리는 남자 3명이었고 택시기사는 혼자였기 때문에 두려워하지 않았다.

그렇게 어느 정도 가다 보니 더 이상 따라오지 않았다. 어떻게든 돈을 벌려는 그의 마음은 이해하겠으나 8달러로 가능한 거리를 20달러를 요구하는 건 아무리 생각해도 너무했다.

한국에서의 택시 이용 방식을 베트남에서 그대로 적용하려고 하니 이렇게 힘들다. 우리나라에서 택시를 이용하는 방식이 얼마나 좋은지 알게 되었다.

에피소드3. 포크레인

때는 2018년 초 라오스.

방비엥에서 핫한 5박 6일의 시간을 보내고 루앙프라방으로 올라갈 티켓을 구입했다.

한인 여행사에서 티켓을 구입하였다. 내일 아침 6시에 출발할 멤버들은 전부 한국인이었다.

새벽부터 일어나 준비를 하고 여행사 앞으로 갔다. 함께 갈 사람들이 이미 일찍부터 기다리고 있었다.

그렇게 루앙프라방으로 출발하였다. 방비엥에서 루앙프라방으로 가는 길은 아직 비포장도로여서 많은 시간이 소요된다. 몇 번 가본 경험이 있지만 낭떠러지에 바리게이트가 쳐져있지 않아 굉장히 위험한 구간들도 있다.

3시간 정도 가다가 갑자기 차가 많이 밀렸다. 무슨 일인가 하고 보니 저 멀리 공사하고 있는 모습이 보였다. 어쩔 수 없이 기다리는데 2시간 동안 찔끔찔끔 움직이면서 점점 공사구간에 가까워졌다. 모래와 흙이 너무 많아서 차바퀴가 헛돌기만 하는 데다가 오르막길이었기에 자칫 모래와 함께 떠내려 갈 수 있는 위험한 상황이었다.

일단 기사는 우리 보고 다 내려서 오르막길 위에 올라가 있으라고 했다. 걸어 올라가는데 무릎 밑까지 모래에 푹푹

파묻혔다. 기다리고 있자니 차가 속도를 올려서 간신히 치고 올라왔다.

우리는 다시 우리를 제치고 올라가 있는 차를 타기 위해 움직였다. 그런데 이상한 낌새를 느꼈다. 멀리 보이는 포크레인이 심상치 않았기 때문이다. 분명 조금씩 밑으로 밀려 내려오고 있었다.

옆에 함께한 사람들에게 말을 했으나 다들 잘 보이지 않는다고, 아닌 것 같다고 했다. 나는 시력이 좋고 작은 움직임도 잘 포착하기에 포크레인에서 눈을 뗄 수가 없었다. 미세하게 조금씩 떠밀려 내려오던 포크레인이 갑자기 힘이 실렸는지 빠른 속도로 밀려 내려오기 시작했다.

나는 일행들에게 "뛰어! 안 그러면 다 죽어요!"라고 소리 질렀다.

포크레인을 본 일행들은 다들 놀라서 다급하게 뛰었다. 모래가 많았기 때문에 속도가 붙지 않았다. 그 사이 포크레인은 우리 쪽으로 완전히 떠밀려 내려와 절벽에 부딪히고 멈췄다. 다들 너무 놀랐다. 포크레인이 갑자기 떠밀려 내려오다니. 상상도 할 수 없는 일이다. 가슴을 몇 번이나 쓸어내렸는지 모른다. 잘못하면 포크레인에 치일 수 있었던 아찔한 상황이었다. 더 머뭇거리다간 또 무슨 일이 일어날지 몰랐기에 주변을 살피며 차가 있는 곳으로 전속력을 다해 뛰어갔다.

에피소드4. 오토바이

동남아시아 여행의 가장 편리한 교통수단은 '오토바이'이다. 굉장히 어지럽고 질서 없어 보이지만, 무질서 속에 질서가 있다는 말이 어울릴 정도로 많은 사람들이 편안하게 오토바이를 타고 다닌다. 나 역시도 동남아 여행에서 오토바이를 즐겨 탔다. 그만큼 이동이 편리했기 때문이다.

2015년 2월, 라오스 남부지역.

혼자 여행을 떠났다가 베트남 호치민 박물관에서 한국인 일행을 만나게 되었고 나까지 포함해 4명끼리 같이 다니게 되었다. 우리는 베트남을 여행한 뒤 라오스 남부 지역으로 떠났다.

라오스 남부에는 제2의 도시인 팍세pakse가 있다.

생소한 도시 '팍세'에 대해 간략히 소개하자면, 팍세는 라오스 남부의 메콩강과 세돈강이 합류하는 지점에 있다. 예로부터 강 주변에 있는 도시들이 빠르게 발전했는데 여기도 마찬가지이다. 베트남 중부에서부터 시작해 국경을 넘어 라오스 중부인 '사바나켓Savannakhet'까지는 길이 비교적 잘 뚫려있으며, 사바나켓에서 팍세까지 다시 내려오게 된다.

팍세는 남부 중심도시로, 관공서와 학교가 있고 넓은 도로와 울창한 나무들이 많다. 오전에만 열리는 시장을 중심으로 화교들의 상점이 늘어서고 그 외곽에 새로운 주택단지가 들어서 있다. 시내에는 여러 개의 제재소와 건축자재 공장이 있고, 주변에 구경할 수 있는 유적들도 많다.

우리는 팍세에 숙소를 잡고 바로 오토바이를 빌리러 갔다. 경비절감을 위해 둘씩 타기로 하고 2대만 빌렸다. 다음 날 가까운 도시인 참파삭champasak으로 오토바이를 타고 떠날 준비를 마쳤다.

참파삭은 라오스 왕국이 세워지기 이전까지 참파삭 왕국의 수도였던 곳이고 이곳의 크메르 양식 사찰인 왓푸 사원은 세계문화유산으로 지정되어 있다. 우리는 이 유적으로 보기로 했다.

날이 밝았다.

왓푸 사원을 보러 가는 길은 오르막에 꼬불꼬불한 길이 많았기 때문에 조심스레 운전했다.

도착해서 유적지를 보니 엇? 캄보디아의 앙코르와트와 거의 비슷한 모습이었다. 이것이 앙코르와트와 무슨 관련이 있을까? 너무 궁금했다. 알고 보니 크메르 왕국은 앙코르와트로 거점을 옮기기 전 팍세를 중심으로 활동하였고, 그 흔적이 왓푸 사원에 남아있는 것이었다. '미니 앙코르와트'라고 불리기도 하는 곳이다. 나중에 앙코르와트를 건설할 때 왓푸 사원을 본 따 만들었다고 한다.

왓푸 사원에 도착하니 자랑스러운 푯말이 보였다. 우리나라 문화재청과 한국문화재재단에서 라오스 세계문화유산인 왓푸 사원과 고대 주거지에 대하여 보존 및 복원 사업을 진행하고 있었던 것이다.

왓푸 사원은 평지에 지어진 앙코르와트와는 달리 입구에서 언덕 위로 올라가야 사원을 볼 수 있었다. 가장 중요한 사원이 위치한 언덕 위 나무 그늘에 앉아서 내려다보는 사원의 전경은 경이로웠다.

구경을 끝내고 오토바이를 타고 다시 팍세 시내로 돌아오는 길이었다. 우리는 비포장도로의 오르막길을 올라가고 있었는데, 내가 탄 오토바이는 다른 일행이 탄 오토바이를 뒤따라가고 있었다. 오르막길이 지나면 바로 경사가 있는 내리막길이어서 앞의 일행이 어떻게 가고 있는지 잠시 보이지 않았다.

그러다가 내가 탄 오토바이가 오르막을 지나 마침내 내리막으로 향하는데, 앞에 갔던 친구들이 오토바이와 함께 쓰러져서 피를 흘리고 있는 게 아닌가! 너무 놀라 바로 멈추었고, 그들 위에 쓰러져 있는 오토바이를 치운 뒤 친구들의 상태를 확인했다.

한 친구는 한쪽 팔이 완전히 땅에 갈려서 온통 살이 까졌고, 또 다른 친구는 허리를 심하게 다쳤다. 아무것도 없는 길 한가운데서 벌어진 사고라 어디 도움을 청할 사람도, 지나가는 차도 없는 상황이었다.

발만 동동 구르다 잠시 뒤 어떤 사람이 지나가서 바로 도움을 요청했다. 그는 뚝뚝이를 불러주었다. 다친 두 친구는 뚝뚝이를 타고 병원으로 이송되었고, 우리는 각자 오토바이를 하나씩 몰고 뒤따라갔다.

참파삭에서 팍세를 가는 길목에 위치한 병원은 매우 열악한 곳이었다. 하지만 다친 곳의 상처를 소독하고 연고는 바를 수 있었다. 한 친구는 너무 심하게 다쳐서 줄곧 고통을 호소했다.

그럼에도 불구하고 우리는 약 2주 동안 치료를 병행하면서 여행을 다녔다. 오토바이를 운전할 때 더욱 조심했다.

이번 일을 계기로 더욱 돈독해졌다. 외국에서 다치면 큰 손해라는 말이 있는데, 함께했기에 잘 견뎌낼 수 있었던 것 같다. 바로 한국으로 갈 만도 한데 이 친구들은 끝까지 상처를 치료해 가며 여행했다. 지금 생각해도 참 대단한 친구들이다.

3
| 변화를 사랑하는 사람들 |

2015년 동남아 일주

라오스 팍세에서 오토바이 타고 정처 없이 돌아다니다가 발견한 폭포

"혼자 여행을 가도 괜찮을까요? 가면 동행을 구할 수 있을까요?"

이런 질문을 참 많이 받는다. 나도 처음엔 막막했다. 혼자 여행 가는 것에 대한 막연한 두려움이 있었고, 공항에 내리면 어떻게 해야 할지, 숙소까지는 어떻게 찾아가야 할지, 길을 잃었을 때 현지어를 구사하지 못하면 어떻게 해야 할지 모든 것이 막막했다.

어느 정도 여행가로서의 내공이 쌓인 지금,

일단 "혼자 가도 괜찮을까요?"라는 물음에는 "네"라고 답하고 싶다.

"이런 여행지가 좋아요?"라는 물음에는 "글쎄요"라는 답을 한다.

자라온 환경과 느끼는 감정들이 다 다르기 때문에 내게 어디가 맞는지 경험하지 않고서는 모르기 때문이다.

혼자 여행을 가도 괜찮다는 말은 혼자 여행을 충분히 다닐 수 있다는 것이다. 여행을 하는 도중 현지에서 문제가 닥쳐도 다양한 사람들과 소통하며 해결할 수 있다고 본다. 물론 24시간 내내 붙어 다닐 사람이 없으면 가끔 심심하겠지만 그럴 때는 동행을 구하면 된다.

몇 년 전만 해도 동행을 구하려면 네이버 카페나 밴드를 활용해야 했다. 요즘은 '카카오톡 오픈채팅방'을 사용하여 실시간으로 바로바로 만날 수 있다. 내가 현재 위치한 도시를 검색해서 해당 도시에서 실시간으로 소통하고 있는 채팅방을 찾을 수 있고, 바로 만남이 이루어진다.

예를 들어, 내가 지금 호치민의 전쟁기념관에 있다고 치자. 채팅방에다 "안녕하세요. 저 혼자 온 배낭여행객인데, 현재 호치민 전쟁기념관에 있어요. 혹시 근처에 계시는 분 있으시면 커피 한잔하실래요?"라고 말하면 된다. 근처에 있는 사람과 바로 만날 수 있다. 우리나라 여행객들은 전 세계 어디든 있어서 정말 인적이 드문 도시가 아니라면 웬만한 곳에서 충분히 만남이 가능하다.

세상이 참 많이 좋아졌다. 2015년 때는 오픈채팅방이 유행하지 않아서 밴드나 카페를 통해 동행을 찾아야 했다. 나는 동남아 배낭여행과 관련된 카페와 밴드에 가입을 하고, 내가 가는 루트에서 만날 수 있는 사람들에게 미리 연락을 취해뒀었다. 물론 일정이 바뀌어 만남이 이루어지지 못할 수도 있었다.

그 당시 나보다 2주 전부터 동남아 배낭여행을 시작한 대학교 동기가 있었다. 이 친구와 미리 연락을 주고받으며 혹시 만날 수 있는 지점이 있다면 커피 한잔하자고 이야기했다.

동남아 일주 초반, 여행은 호치민에서부터 시작되었다. 혼자 여행을 다니다 보면 길을 걸으며 혼잣말이 많아진다. 여유롭게 오늘 저녁에 잘 숙소와 밥 먹을 곳을 알아보고 눈에 보이는 가게에 한번 들어가 구경도 하며 그렇게 하루하루를 보내고 있었다.

이틀째 되던 날, 미리 연락을 취해놓은 동행 분에게 문자가 온다. 바로 만나게 되었고 밥과 커피를 함께 마셨다. 평생 다르게 살아온 이방인이기에 서로의 이야기를 공유하는 것만으로도 매우 흥미진진했다. 커피 한잔까지 한 뒤 그는 저녁 약속이 있다고 해서 오후 늦게 떠났고, 나는 근처에 있는 전쟁기념관을 방문하였다. 날이 워낙 더웠기 때문에 구경하기에 앞서 기념관 로비의 벤치에 앉아서 땀을 식히고 있었다.

앉아서 쉬고 있는데 눈앞에 까만 쌍둥이가 지나간다. 나는 베트남 쌍둥이는 처음 본다 생각하며 신기하게 그들을 바라봤다. 잠시 후 다시 내 앞을 지나는데, 이 친구들 손에 한국 가이드북이 들려있다. 나는 그제야 이들이 한국인인걸 알아차렸다. 그리고는 바로 말을 걸었다.

나 : 혹시 한국인이세요?

쌍둥이 : 네 맞아요.

나 : 저는 혼자 여행 왔어요. 더워서 쉬고 있었는데, 한국인 뵈니까 반갑네요.

쌍둥이 : 저희도 일정 없이 다니고 있는데 같이 다니실래요?

나 : 네 좋아요. 혹시 나이가?

쌍둥이 : 25살이에요.

나 : 저희 동갑이에요. 일정 없으시면 오늘 함께해요.

그렇게 우리는 금방 말을 놓았고 근처 관광지 여행과 저녁까지 함께하게 되었다. 그리고 술집에서 함께 술을 한잔하며 저녁을 보냈다. 그렇게 즐거운 시간을 보내고 숙소로 돌아와 대학교 동기와 메시지를 주고받았다.

"너 지금 어디니?"

"나, 지금 무이네에 있어"

"무이네? 여기서 3시간 거리인데, 나 내일 무이네로 갈까? 다낭 가는 비행기 취소해야 되나 어쩌나…."

일단 내일 다시 이야기하기로 했다. 나는 곧 깊은 잠에 빠져들었다.

다음 날 아침.

일어나자마자 후다닥 씻고 편의점에서 오렌지주스를 사들고 어제 만난 친구들의 숙소로 갔다. 아직 비몽사몽이기에 주스를 건네주며 깨웠다. 그리고는 모닝커피를 마시러 카페로 이동했다.

나는 대학교 동기가 3시간 떨어진 무이네에 있다는 것을 이야기했다. 다낭에 가야하는데 어쩌나 싶다고 고민을 털어놓으니 자신들도 무이네로 갈 계획이라며 같이 가자고 설득한다. 결국 그게 낫겠다 하여 여행사에서 무이네 가는 버스표를 샀다. 미리 다낭갈 비행기 표를 사놓은 것을 약간 후회했지만 친구들과 함께

할 생각에 아깝지 않았다.

무이네 해산물 시장 앞에서 대학교 동기를 만났다. 우리는 저녁 겸 술을 마시러 갔고 새벽까지 까르르 웃으며 대화를 나누었다. 우리 넷이 뭉친 여행이 시작되었다.

서로 일정이 없었던 우리는 아래의 루트로 함께 여행했다.

이 루트도 정해 놓은 것이 아니라 그때그때 결정한 것이다.

호치민 -〉 무이네 -〉 나트랑 -〉 달랏 -〉 다낭 -〉 라오스 국경 -〉 팍세

서로 여행 다니며 다투기도 하고, 맞지 않는 부분도 있었지만 친구들과 함께하면서 내가 보지 못했던 것도 보게 되고 혼자 다녔으면 가기 어려웠던 곳도 함께 갈 수 있어서 너무 좋았다.

모험을 즐기는 친구들과 함께 다니니 나도 모험심이 생긴다. 그저 정처 없이 오토바이를 타고 쭉 달렸다. 마주치는 폭포, 시장, 사진 찍기 좋은 곳 등이 눈에 띄면 멈춰 서서 잠시 그곳을 구경했다가 다시 떠나며 그렇게 평화롭게 여행을 다녔다.

팍세에서 우리는 다음을 기약하며 헤어지게 되었다. 쌍둥이들은 방콕에서 한국으로 들어간다며 방콕으로 향하는 버스 티켓을 구입했고, 우린 라오스 북부 지역인 방비엥으로 올라가기 위해 방비엥으로 향하는 슬리핑버스 티켓을 구입했다.

방비엥에 도착한 이후 바로 숙소를 구했고, 매우 저렴하지만

약간은 허름한 게스트하우스에서 며칠 투숙하기로 결정하였다. 밴드를 통해 연락한 사람들이 방비엥에서 오늘 저녁에 만난다는 소식에 친구에게 같이 갈 생각이 있냐고 의사를 물었다. 처음엔 혼자 다녀오라며 거절했으나 내가 혼자 가기 뻘쭘하니 같이 가 달라고 이야기하자 못 이긴 척 가준다고 한다. 우리는 그렇게 먼저 연락이 닿은 동행과 저녁 식사를 하고 함께 모일 자리로 이동했다. 방비엥은 워낙 작은 도시로 여행자거리 주변은 전부 걸어서 다닐 수 있다.

이미 6명의 사람들이 모여있었고, 어색한 자리였지만 인사를 나누고 가볍게 술 한잔을 마시며 이야기를 나누었다. 내일 또 모여서 함께 블루라군을 가자고 약속을 하고 헤어졌다.

그렇게 만난 사람들이 작가 누나, 약사 형님, 간호사 시험을 준비하는 대학생, 도서관사서 형님, 취업준비생 형님이었고, 함께 방비엥을 여행하고 루앙프라방까지 같이 넘어갔다. 루앙프라방에서도 각자 살아온 에피소드들을 나누며 갈수록 가까워졌다. 비교적 어린 우리들을 형, 누나들이 잘 챙겨주셨다.

루앙프라방에는 메콩강이 흐르는데, 바라볼 때면 많은 여행객들의 마음을 안정시켜 준다. 우리는 한데 모여 나무가 우거진 멋진 식당으로 향하였다. 루앙프라방에는 멋지게 꾸며놓은 식당들이 많다. 주로 밖에서 먹는다. 테이블 위에 있는 촛불 하나에 의존한 채 분위기 좋은 저녁식사를 함께하고, 헤어지기 아쉬워 맥주 한 병씩 들고 메콩강으로 향하였다. 강가로 내려가 주변에 흩어진 평평한 돌 위에 자리를 잡았다. 맥주 한 모금 마시고 강 한 번 보고 반복하니 괜히 센티해진다. 취업준비생 형은 이내 본인 이야기를 조금씩 털어놓는다.

취업준비생 : 3년 동안 취업준비를 하면서 아직도 취업 못했지만, 이렇게 배낭여행 나오니 그동안 고생한 일들이 생각이 나네요.

나 : 형님 오랜 시간 취업준비하시느라 많이 지쳤을 텐데, 여행하는 동안만큼은 여행에만 집중해요.

방송작가 : 그래, 나도 이직하려는 찰나에 나왔어. 시간 없다 없다 하지만, 억지로 시간을 만들어서라도 나오니까 가기 전에는 걱정만 앞섰는데 막상 나와 보니 아무것도 아니더라. 그동안 왜 그렇게 아등바등 살았는지 모르겠어.

약사 : 나도 20대를 학교 생활하면서 어찌어찌 보냈는데, 지금 여기 앉아있는 이 순간이 너무 좋아. 다시 한국 가면 일상으로 돌아갈 텐데 남은 여행 기간을 즐겨야지.

취업준비생 : 어릴 때부터 할머니 손에 자랐는데, 이번에 취업

성공하면 꼭 할머니께 내복 사드리고 싶어요.

모두 : 효자야 효자 !

그렇게 우리는 맥주 한 캔을 연거푸 들이키며 말없이 강가를 바라봤다. 지금 이 순간 각자의 머릿속에 얼마나 많은 생각들이 스쳐 지나갈까. 모두의 앞날이 꽃길이길 간절히 바라본다.

취업준비생이었던 형님은 이렇게 배낭여행을 다녀온 후 몇 년 되지 않아 대기업으로 취업을 하였고, 우리 모두 축하해 주었다. 그런데, 뜻하지 않게 신입사원 연수에서 운명을 달리하셨다 한다. 첫 월급을 받으면 할머니께 내복을 선물해 주겠다고 한 착한 형님이었는데….

가끔씩 어깨동무를 하며 나를 좋아해 주셨던 형님이 생각난다. 이 책을 빌려 그의 명복을 빈다.

2015년 동남아 배낭여행은 혼자 시작했지만 생각해 보면 혼자인 적이 거의 없었다. 인생도 마찬가지인 것 같다. 내가 이 길을 간다고 결정했으면 일단 가봐야 한다. 하지만 처음 계획과 달리 거기서 만나는 사람, 예정에 없었던 방문 등 다양한 일과 마주칠 것이다. 갈지 말지 고민이 된다면 일단 가보자. 그러고 나서 생각해 보자. 시작이 반이라는 말도 있지 않은가.

빠이에서 한 달 살기?!

태국 치앙마이 옆에는 '빠이Pai'라는 아무것도 하지 않아도 즐거운 도시가 있다.

예전에는 완전히 시골이었지만 몇 년 전부터 예술가들이 모이기 시작하면서 매우 핫한 도시가 되었다.

2018년 1월 또 한 번의 동남아 배낭여행, 치앙마이.

3년이 지난 이번 여행에는 카카오톡 오픈채팅방 활용을 굉장히 많이 했다.

혼자 여행을 떠났지만 나의 여행 스타일을 봤을 때 계속 혼자 다닐 일은 거의 없을 것 같아 초반에는 일부러 동행을 구하지 않았다. 생각도 많이 하고 앞으로 어떻게 살아야 할지에 대한 고민들도 하기 위함이었다. 물론 정답은 나타나지 않았다.

열흘을 혼자 여행하다 보니 한국말이 너무 하고 싶어졌다. 인적이 드문 소도시들을 다니면 태국인 아니면 서양인들과만 자주 마주치게 되기에 한국말을 할 일이 거의 없다. 늘 영어만 하니까 한국말이 어찌나 하고 싶던지 치앙마이에 도착하여 쉬는 동안 저녁을 함께 먹을 사람을 구하기로 결정했다.

오픈채팅방에 '치앙마이'라고 검색을 했더니 100명 넘게 실시간으로 소통하고 있는 방이 2개나 있다. 두 곳 다 입장을 했고 오늘 저녁을 같이 먹을 사람이 없느냐고 동행을 구했다. 무려

10명 정도가 모였고 무제한 삼겹살집에서 모이기로 했다.

시끌벅적하게 저녁을 먹은 뒤에 아쉬운 마음에 맥주를 한잔하러 갔다. 'BUS BAR'. 버스를 개조하여 만든 'BAR'였는데, 버스 외부를 빨갛게 칠하고 조명을 달아 매우 예쁜 모습이었다. 우리는 이곳에서 맥주를 마시며 이것저것 이야기하며 즐거운 시간을 보냈다. 그러다 분위기가 달아오르자 새로운 제안을 꺼냈다. 다들 다음 일정이 없었고 장기 여행을 하는 사람들이었기 때문에, '빠이에서 한 달 살기'를 해보는 게 어떠냐는 것이다. 당장에 쭉쭉 추진되어 빠이로 들어갔다. 비록 한 달을 다 채우진 못했지만 약 2주 정도 빠이에서 생활하면서 다양한 사람들을 만나고 이야기를 나눌 수 있었다.

여행은 우리 마음에 활력을 불어넣어 준다

이처럼 여행은 한 치 앞을 내다볼 수 없다. 장기여행은 더더욱 그렇다. 여행은 우리 마음에 활력을 불어넣어 주고 새로운 눈을 가질 수 있게 도와준다.

나에게 여행이란 무슨 의미를 가지는 것일까. 나는 과연 왜 여행을 떠나고 또 떠나는 것일까? 떠나고 돌아오는 그 여행은 과연 내 인생에 어떤 파장을 불러오나? 그런 고민을 매번 한다. 어쩌면 나는 진즉에 이 질문을 던지고 싶었는지도 모른다.

"내 인생에서 과연 여행은 어떤 의미를 가지고 있는 것일까."

학교를 졸업하고, 직장을 구하거나, 창업을 하고

정신없는 여정을 숨 가쁘게 살아내면서 문득 그런 생각을 한 적이 있었다.

"나는 과연 무엇을 위해 사는 것일까."

"내가 원하는 행복은 과연 무엇일까."

수많은 책과 강연에서 이런 말들을 한다.

"당신은 과연 심장이 뛰는 일을 하고 있나요?"

"당신의 심장이 가장 뛸 때는 언제인가요?"

나는 힘들었던 나의 시기를 여행으로나마 달래려 했는지 모른다.

여행은 무의미한 일들로 나를 소진시키는 와중에 나에게 살아갈 기운을 주는 고마운 존재이다.

다시 살아갈 기운을 찾고 싶을 때 항상 비행기 티켓을 끊었던 것 같다.

가고 싶은 여행지를 찾고, 계획을 짜면서 내가 살아갈 이유와 희망을 찾아내곤 했다.

출국일이 다가올 때 이런 저런 여행지의 정보를 모으면서 심장이 두근두근했고, 마침내 비행기에 올라 승무원의 인사를 받을 때면 새벽에 일찍 일어나 잠을 설친 것도, 무거운 짐을 들고 오느라 피곤했던 일도 다 잊게 될 만큼 에너지가 용솟음치는 걸 느낀다.

이런 설렘 가득한 것이 바로 '여행'이구나!

여행은 나에게 20대를 살아가게 해준 삶의 원동력이었다.

여행이 가져다준 선물들이 참 많다.

"너는 왜 여행을 가니?"

여행을 가면 사진을 찍을 때나 지도를 볼 때를 제외하면 스마트폰을 덜 보게 된다. 현지 유심칩을 구입하여 데이터를 사용할 때도 있지만 그 또한 사용량의 제한이 있다. 적절한 수준의 '단절'을 경험하게 되는 것이다.

여행을 하면서 느끼는 이러한 단절은 나의 인간관계를 다시 한번 생각할 수 있게 하는 계기가 된다. 어떤 이유에서든 꼭 필요한 사람과, 필요하지 않음에도 관계를 이어나가는 사람을 구분할 수 있다. 나는 이러한 경험을 통해 인간관계를 재정립할 수 있었다.

심리학자 알프레드 아들러는 "모든 고민은 인간관계 때문이다."라고 하였다. 인간관계의 재정립을 통해 불필요한 관계를 덜어냄으로써, 우리를 짓누르는 삶의 무게를 덜어낼 수 있다.

여행은 내 삶에 있어서 인간관계의 재정립을 통해 가지고 있던 것들을 내려놓는 과정이었다.

'물고기는 물을 모른다. 물을 벗어나서야 그곳이 물이었던 것을 안다.'라는 말이 있다. 우리 또한 다르지 않다. 일상에서 벗어나지 않으면 일상을 바라볼 수 없다.

여행은 잠시나마 우리를 일상에서 벗어나게 한다. 그럼으로써 우리는 내가 파묻혀 지내던 일상을 한 걸음 뒤에서 바라볼 수 있게 된다.

나는 골목을 참 좋아한다. 여행을 가면 골목골목을 꼭 걷는데, 골목에서 그 나라의 진한 향이 느껴지기 때문이다. 명상을 하기에도 유익하다. 골목을 걸으며 한국에서의 내 일상을 되돌아보고, 내가 일상 속에서 건던 걸음이 진정으로 내가 원하는 삶으로 이끄는 걸음인지, 나는 정말 중요한 것에 시간과 에너지를 쏟고 있는지, 내 삶에서 불필요한 부분은 없는지, 나는 잘 살고 있는지를 물어본다.

이런 고민들은 평소에 헬스장에서 운동을 하면서도 하지만, 그곳에서 해결되지 않았던 고민들이 여행을 하면서는 곧잘 해결이 된다.

이는 관점이 달라졌기 때문일 것이다. 물속에서 보는 바다와 물 밖에서 보는 바다는 다를 수밖에 없다. 애초에 물속에서는 바다를 볼 수 없다. 그렇다고 물 밖에서만 바라봐도 적절한 답은 나오지 않는다. 속을 모르기 때문이다. 바다를 알기 위해선 속에서도 경험하고, 밖에서도 바라봐야 한다.

우리는 일상을 살다가, 여행을 통해 일상을 밖에서 보게 된다. 여행에서 인생에 대한 통찰력을 얻을 수 있는 이유는 이 때문이지 않을까.

내가 해외로 여행을 가는 본질적인 이유가 더 있다.

해외에 가면 낯선 환경을 자주 마주하게 된다. 사람들 또한 낯설고 대화도 통하지 않는다. 나를 아는 사람들이 아무도 없다. 새로운 공간, 새로운 사람들 사이에서 다시 태어난 기분이다. 그렇게 다시 태어난 본연의 나와 마주하게 된다.

해외와 같이 완전한 새로운 환경에서는 더 이상 규칙에 얽매일 필요가 없기 때문에 우리는 더 자연스럽게 행동하게 된다. 본연의 나와 마주함으로써 우리가 본연의 나와 얼마나 일치되지 않은 삶을 살아왔는지 확인할 수 있게 된다.

여행을 통해 여태 맞지 않는 옷을 입고 살아왔다는 것을 깨닫게 되었다. 맞지 않은 옷을 입고 살았다는 사실을 알게 되면 다시는 그렇게 살지 못한다. 그래서 여행이 끝난 후에도 본연의 나로 살고자 하는 욕구를 버리지 못한다.

우리 삶은 우리가 초점을 맞추는 방향으로 나아간다. 본연의 나로서 살고자 하는 욕구에 초점을 맞추면 의식적이든 무의식적으로든 그렇게 살기 위해 노력하게 되고, 나 자신과 환경을 개선한다. 결국, 진정한 나로서의 삶을 살아가게 되는 것이다.

여행을 하면서, 내가 잘할 수 있는 것이 무엇인지도 찾게 되었다. 여행을 다녀오면서 여행 정보를 공유하는 것을 좋아했고 다른 사람들의 비행기를 저렴하게 찾아주는 일에 재미를 느꼈다. 그래서 페이스북 페이지를 생성하고 여행 다녀온 사진들과 영상들을 게시하면서 지속적으로 컨텐츠를 만들었다. 10,000여 명의 페이지 구독자를 모으기도 했다. 또한 다른 여행사와 협력하여 저렴하게 비행기 티켓을 찾아주고 이에 발생하는 수익을 재능기부하기도 하였다.

이러한 나의 일들은 자연스럽게 여행사 창업으로 이어졌다.

처음엔 전통시장 활성화의 소셜미션을 가지고 시작했지만, 내가 잘할 수 있는 것은 '여행 관련 업무'였기 때문에 방향을 틀어서 운영하게 되었다.

자, 이제 두려워하지 말고 떠날 준비 되셨나요?

제5장

받은 사랑과 관심을 사회에 되돌려 주기

1

| 사업을 시작해 볼까? |

어느 날 학교 벽면에 한국사회적기업진흥원에서 주최하는 사회적 기업 캠프에 관한 포스터를 보게 되었다. 전액무료였기 때문에 부담 없이 친구에게 같이 지원해 보자고 하였다.

양산 에덴벨리 리조트에서 열린 사회적 기업 캠프는 100명의 많은 인원이 참가하였다. 다들 대학생 또는 멘토, 선배 창업가 등이었다.

아이스브레이킹, 사회적기업가 특강, 테마 사회적기업 체험 등으로 오후 시간을 보냈고, 저녁엔 팀을 나누어 사회문제를 규정하고 그 문제 해결을 위한 아이디어 도출, 구체화, 토론의 시간을 가졌다. 이 과정에 팀원들과 여러 이야기를 나누면서 친해질 수 있었다.

그리고 토론 중간에 우리의 아이디어 구체화에 도움을 주실 멘토님들이 합류하였다. 우리는 멘토님들에게 조언을 구하고 다음 날 있을 발표준비를 하였다. 우리가 선택한 테마는 '작은 양조장 활성화'였는데, 쉽지 않은 문제였다. 지역마다 존재하는 작은 양조장이 활성화되면 생산에서 관광, 체험기지까지 연계된 복합공간으로까지 확장될 수 있고, 내국인은 물론 외국인까지 양조장 체험관광을 하러 올 거라는 생각을 가지고 활성화 방안에 대해 논의를 진행했다. 사라져가는 지역의 작은 양조장을 복원하여야 하는데 이는 정부에서 관심을 갖고 도시재생 차원에서 복원사업을 진행할 필요가 있다는 결론이 나왔다. 또 농촌에 있는 작은 양조장들을 지역 주민들이 의욕을 가지고 참여할 만한 메리트가 적다는 문제점도 제시되었다. 그래도 희망을 가지고 나름대로의 아이디어를 정리하여 밤새 논의 끝에 마무리할 수 있었다.

그렇게 우리는 열심히 준비한 발표를 끝내고 캠프를 무사히 마무리하였다. 멘토님들과 페이스북 친구를 맺으며 다음을 기약하게 되었다.

학교생활과 병행하면서 여행을 다니고 대외활동을 하다 보니 어느덧 스물여섯 살.

아직 졸업을 못 한 채 1년째 무작정 휴학을 하고 있었다. 여행 관련 콘텐츠 제작 일을 하기도 하고 다양한 사람들과 협업을 하며 시간을 보내고 있었지만 내가 앞으로 무엇을 해야 할지, 무엇을 하며 살아야 할지, 또 어떤 일을 해야 내가 행복할지, 그 일을 하려면 지금부터 시작해야 할 일은 무엇인지 한참 고민이 많았다.

시장을 좋아하는 공통점을 가진 형을 페이스북에서 알게 되어 처음 만나게 되었고, 자주 술을 한잔하면서 함께 공동창업자로 회사를 하나 만들 모의를 하였다.

우리 사업에 도움을 줄 지원사업인 '사회적 기업가 육성사업'을 통해 창업하기로 결정했고, 아이템을 작성하려 마음먹었지만 갑자기 사업계획서부터 작성하려고 하니 너무 막막해서 우린 안 되겠다 생각하고 금방 접었다.

그렇게 마음을 접고 있었는데 사회적 기업가 육성사업 공모 마감 3일 전에 캠프에서 만난 멘토님이 2년 만에 연락이 왔다. 나에게는 어려운 분이기도 하고, 이때가 새해였기 때문에 새해 인사도 먼저 드리지 못하여 전화를 받는 것 자체가 사실 부담됐었다. 아니나 다를까 멘토님은 사회적 기업가 육성사업에 지원해 보라고 하셨다. 나는 생각보다 어려워서 안 될 것 같다고 말씀드렸다.

마감 3일 전이었기 때문에 양이 방대한 사업계획서를 3일 만에 다 채울 자신도 없었고, 채울 만한 아이디어도 애매했다. 내 말을 들은 멘토님의 대답은 이러하였다. "요즘 대학생은 사업계획서 하나도 3일 만에 작성 못하나?"

그 말을 듣자 오기가 생겼다. 나는 일단 한번 작성해 보겠다고 했다.

그렇게 원래 함께하기로 했던 형님과 다시 연락을 하여 어떻게든 아이디어를 구체화해서 써보기로 했고, 마감기한에 딱 맞춰서 사업계획서를 제출했다.

믿기지 않게도 서류통과와 이틀간의 토론 면접, PPT까지 거쳐 결과적으로 최종 선정되었다. 입이 떡 벌어지는 결과였다. 우리는 이날부터 사업이라는 것을 본격적으로 시작하게 되었다.

사람에게는 인생을 살면서 3번의 기회가 온다고 말한다. 내게 그 3번의 기회가 왔는지, 안 왔는지, 아니면 왔는데 내가 모르고 지나쳤는지 잘 모르겠지만 사회적 기업가 육성사업을 시작하게 된 것은 내 인생에 있어서 확실한 한 번의 기회인 것 같다.

살아가면서 기회는 예고하지 않고 온다. 항상 노력하며 도전적인 삶을 살아야 기회를 맞이할 수 있다는 것을 배웠다.

2
| 실패는 성공의 어머니 |

고등학교를 졸업함과 동시에 그룹홈에서 독립하고 나서 벌써 6년이 흘렀다.

6년 동안 국가근로장학금도 받고, 주민센터에서의 근로를 통해 적지 않은 월급을 받으면서 경제적으로도 자립하게 되어 학교생활과 여러 활동들을 이어나갈 수 있었다.

2013년 7월 이후 주민센터와의 계약이 만료되어 근로를 그만두게 되었다. 생계급여와 국가근로장학금만으로 모든 것을 충당하기엔 어려움이 있었다. 급한 불을 끄자고 빌린 대출을 갚지 못해서 신용불량자로 전락했던 적도 있다. 학교를 다니면서 부모님께 용돈과 자취생활에 필요한 월세, 공과금 등을 지원받는 친구들이 얼마나 부러웠는지 모른다.

모든 것이 쉽게 흘러가지만은 않았다. 우선 급한 불부터 끄자고, 앞에 놓여있는 일들을 먼저 해결하는 데 급급했다. 미래를 계획하는 것은 거의 사치였다. 씀씀이를 줄이고 부업을 통해 경제적으로 자유로워지기 위해 노력을 하였고, 그렇게 어느덧 16년도까지 흘러왔다.

그러던 내 인생은 사회적 기업가 육성사업에 선정된 이후 새로운 방향을 맞이했다.

사회적 기업가 육성사업이란?

고용노동부와 한국사회적기업진흥원에서 사회문제를 해결하는 혁신적인 창업 아이디어를 가진 이들에게 창업을 위한 창업자금과 인프라(공간, 자원연계)를 지원하는 사업이다.

2016년 2월 사회적 기업가 육성사업 합격 소식을 듣고, 이후에 어떻게 시작해야 될지가 참 막막했다. 일단 사무실을 차려야 할 것 같았고, 뭐든 시작해야 될 것만 같았다. 마음이 급했다. 좀 천천히 해도 됐었는데 그때는 무슨 마음이었는지 3월 초에 바로 소호사무실을 계약했다.

우리가 사회적 기업가 육성사업에 합격한 이유는 바로 '전통시장 활성화'를 주제로 삼았기 때문이다. 청년들이 바라보는 전통시장의 매력적인 포인트를 발굴해, 콘텐츠 제작, 공간운영, 여행상품개발 등 전통시장과 관련된 사업으로 수익을 창출하고 궁극적으로는 전통시장을 살리고자 하였다.

전통시장은 직접 상인이 되어 장사를 하는 것 외에 민간에서 활성화하려는 전례가 없었다. 또 공적 자본이 많이 투입되고 있기 때문에 우리의 사업 또한 불투명했고 벤치마킹할 사례도 없었다.

우리가 고기집이나 치킨집을 운영한다면 어디에서든 정보를 쉽게 구할 수 있었을 텐데 아무도 걸어보지 않았던 길이라 사실 막막했다.

당장 돈을 벌기보다는 우선 다양한 실험을 하기로 결정했다. 다양한 실험 속에서 길이 보인다면 그 길로 걸어가 수익을 창출하는 데 전력을 다해보기로 했다.

1년 동안 받은 창업자금으로 청춘시장원정대를 운영해 보고 박람회도 다녀왔다. 편리하게 장을 볼 수 있는 제품 개발 아이디어 등 다양한 시도를 통해 길을 찾으려 노력했다.

하지만 작은 회사가 진입하기에는 계란으로 바위치기였다. 오랜 세월의 역사를 지닌 전통시장에 갑자기 젊은 사람들이 무언가 해보겠다고 나서는 것 자체가 너무 낯설었고 상인분들도 받아들일 준비가 되어있지 않았다.

우리 내부의 문제도 있었다. 나는 26살로 사업이 망해도 취업할 수 있는 여유가 있었지만 28살인 동업자 형들은 더 이상 물러설 곳이 없었다. 이것저것 시도만 하면서 새늘투어가 갈팡질팡하게 되자, 형들은 새늘투어와 이별을 고했다.

나는 혼자가 되었다. 하지만 창업자금을 지원받은 이상 책임을 끝까지 져야 했다. 지원사업에서 받은 창업자금의 조건은, '법인설립'이었다. 그래서 일단 법인설립은 했다. 아무것도 준비가 되어있지 않고 무슨 사업을 할지도 모르는 상황에서 깃발이라도 하나 꽂은 기분이었다.

사업자 대표의 위치는 참 외로웠다. 1년 동안 온갖 쓴맛을 맛본 것 같다. 결국 전통시장과 연계된 아이디어로 사업을 지속해 나가는 것이 어렵다는 판단을 내렸다.

3
| 여행 사업은 내 사업의 심폐소생술 |

법인 설립은 했고, 그렇다고 시장 사업은 더 이상 회생이 불가능하고, 어떤 종목으로 사업자를 내야 할지 막막했다.

사실 머릿속에 하고 싶은 사업은 있었다. 바로 '여행 사업'이었다.

여행사를 설립하기 위한 조건을 확인했더니 가장 크게 걸리는 것이 '자본금' 규정이었다.

내국인의 국내여행을 다루는 '국내여행업'과 내국인을 해외로 보낼 수 있는 '국외여행업'의 관광사업등록을 하려면 총 4,500만 원의 자본금이 필요했다. 그나마 이는 정부의 관광사업 활성화 위해 완화된 조건이었다.

모아둔 돈과 도움을 청해 자본금을 겨우 만들었고, 법인설립과 관광사업등록을 동시에 처리했다.

새늘이란 '언제나 새롭게'라는 순 우리말로, 여기에 투어라는 말을 붙여 여행사의 이름을 완성하게 되었다. 전통시장이 새롭게 변화했으면 하는 바람을 담은 사명이다.

여행사는 설립했지만 어떻게 영업해야 할지, 어떤 시스템을 사용해야 하는지에 대한 정보가 없었다. 여행사 창업교육을 해주는 곳을 찾았고, 사업비를 통해 여행사창업교육을 들을 수 있었다. 1박 2일 동안의 스파르타 교육이었고 교육을 듣고 내려와 실습을 통해 약 2주간 만반의 준비를 하였다.

2016년 11월 22일 주식회사 새늘투어 설립.
2016년 12월 7일 새늘투어 정식 오픈일.

2016년 한 해 동안 '새늘투어'가 만들어지는 과정을 소상히 공개하고 SNS로 대중들과 소통하면서 새늘투어의 스토리를 꾸준히 만들어나갔다. 시장을 사랑하는 마음으로 시장 사업을 시작했지만, 그만두기까지의 과정을 공개하면서도 많은 사람들의 응원을 받았다.

실제로 여행사를 창업하면서 SNS의 덕을 많이 봤다. 많은 사람들이 기다려주신 덕분에 처음부터 일이 꾸준히 들어왔다. 하지만 이마저도 쉽지 않았다. 혼자 일을 다 하는 것도 어려웠고, 벌어들이는 수익에 비해 너무나 많은 체력소모가 있었다.

항공권 한 장의 발권수익은 크지 않은데, 발권 이후 일정까지 상담해 줘야 하는 고객들도 있는 등 어려움의 연속이었다. 돈의 소중함과 가치를 알게 되는 과정이었다.

전국에는 이미 9,000여 개의 여행사가 있기 때문에 나만의 특별한 무기를 갖춰야 한다는 생각이 들었다. 영업을 하다 보니 힌트가 보이기 시작했고, 현재까지도 그 길로 묵묵히 걸어가고 있다.

4년 차로 접어든 지금, 많은 고객분들이 새늘투어를 통해 여행을 다녀오게 되었다. 우리만의 장점이 있었기 때문에 4년이 가능했다고 생각한다.

막막하다면 빠른 태세 전환이 오히려 도움이 될 수가 있다. 꼭 하나만 붙잡지 않아도 된다.

내가 그랬다. 전통시장 사업이 어렵다면 여행사업으로 빠른 태세전환을 하자. 여행사업도 사업이지 않은가. 그런 마음으로 시작한 사업이기에 용기를 가지고 진행할 수 있었다.

고객지향적인 성실한 서비스 정신을 담아 높은 가치를 지닌 여행문화를 만들고, 소비자 중심의 관광 콘텐츠, 전통시장 소상공인과 연계된 특색 있는 관광코스를 발굴해 스토리텔링이 있는 전통시장 관광 상품을 개발 및 제공 중이다. 전통시장 활성화를 위해 고객들에게 편의 있는 체험을 동시에 제공하려 노력하고 있다.

'청춘시장 원정대'라는 프로그램을 운영하며 청년들의 시각에서 바라보는 전통시장의 매력을 발견하여 콘텐츠를 만들고, 여행과 문화체험에서 소외되는 청소년 및 중장년층에게 저렴한 여행을 제공하고 있다. 또한 수영팔도시장에 위치한 '공간새늘'(전통시장커뮤니티센터)은 복합문화공간으로, 시장상인 및 방문객들에게 쉼터제공 및 다양한 수업, 문화교육, 전 연령층이 들을 수 있는 강연 등을 진행하고 있다.

새늘투어는 단독(단체)여행(2명~인원 제한 없음)을 주로 하고 있다.

팀의 요구사항을 전부 반영하여 세상에 하나뿐인 여행상품을 만들어 제공한다.

만족도가 매우 높으며, 현재까지 3,000여 명 이상의 고객들의 새늘투어와 함께해 주셨다.

가족, 산악회 및 동호회, 회사워크샵, 계모임 등 다양한 형태의 '우리끼리' 여행을 지향하시는 모든 분들께 좋은 여행사가 될 수 있도록 최선을 다하고 있다.

새늘투어

사업 영역

여행 정보 서비스 및 해외여행 안내 서비스

패키지여행과 단체여행 및 여행상품 판매

전 세계항공권 및 에어텔 상품 판매

비자대행 및 여행자보험 안내 및 서비스

국내외 신혼여행 및 가족여행 상품 판매

'새늘투어' 항공발권앱 운영

국내 전통시장커뮤니티센터 운영과 함께 전통시장 활성화 모색

4
| 소셜벤처로 다시 한번 날개를 |

당장 먹고살 길을 마련해야 했고 잘할 수 있는 것이 '여행사'라 생각했기 때문에 빠르게 여행사의 길로 갔지만, 여행 사업을 진행하면서도 전통시장을 사랑하는 마음은 변치 않았다. 행복시장 원정대로 활동하던 시절부터 내 마음속에 늘 여행과 전통시장은 공존하고 있었다.

전통시장을 살려보겠다고 소중한 국민들의 세금을 지원받았는데 지속적으로 진행하지 못했기 때문에 마음이 편치 않기도 했다.

그런 마음을 가지고 여행사 운영에 전념하고 있는데, 어느 날 한국토지주택공사에서 "LH소셜벤처 3기 모집"의 사업 공고문을 보게 되었다. 또다시 가슴이 콩닥콩닥 뛰었다.

LH소셜벤처 사업공모를 지원하게 된 계기는 이렇다. 공기업인 LH와 소셜벤처는 사회적 문제를 경제적으로 풀어가는 데 있어 닮은 점이 많았고, LH의 자원 연계를 통해 시장 사업을 다시 한번 도전해 볼 수 있을 거라는 생각이 들었다.

지난 1년간의 도전과 실패를 경험 삼아 구체적인 방안을 가지고 제안서(사업계획서)를 제출하였다. LH는 우리의 제안서에 서류 합격을 주었고, PPT 발표를 잘 준비하여 최종합격을 하게 되었다. 나는 2년 동안 약 4,000만 원의 사업비와 자원 연계, 크라우드 펀딩 등 다양한 지원을 받을 수 있었다.

그렇게 새늘투어는 다시 한번 전통시장 활성화의 소셜미션을 가진 소셜벤처의 길로 걸어갈 수 있게 되었다. "전통시장 활성화에 따른 복합문화공간 설립 및 운영"의 목표를 가지고 LH와 함께 2년 동안 복합문화공간 설립을 위해 고군분투하여 현재는 전통시장 내에 나름의 공간을 운영하고 있다.

LH와 사업을 하면서, 또 한 번의 겹경사를 맞게 되었다.

바로 새늘투어가 고용노동부로부터 예비 사회적 기업으로 지정된 것이다.

예비 사회적 기업은 취약계층에게 일자리 또는 서비스를 제공하여 지역주민의 삶의 질을 높이는 등 사회적 목적을 추구하면서 영업활동을 수행하는 기관으로서, 사회적 기업의 대체적인 요건을 갖추고 있으나 수익구조 등 법률상 인증요건의 일부를 충족하지 못하고 있는 조직으로서 장차 요건을 보완하는 등 향후 사회적 기업으로 인증 전환이 가능한 기관을 말한다.

예비 사회적 기업으로 지정되면서 정부부처에서 지정한 완전한 사회적 경제조직, 사회적 경제기업이 되었다. 실패의 쓴 맛을 본 이후, 여행 사업으로 본격적인 사업을 시작한 이후로 영영 향할 수 없을 것 같았던 친정집에 다시 돌아온 기분이었다. 그리고 오랜 기간 동안 사회적 경제영역에서 열심히 해봐야겠다는 생각이 마구마구 샘솟았다.

활동의 흔적들

제6장

대한민국 인재상을 수상하다

1
| 대한민국 인재상은 도전에 대한 값진 결과! |

내 인생에 있어 2017년은 격동의 해이다.

본격적으로 사업을 통해 돈을 벌기 시작했고, LH소셜벤처를 통해 사회적 기업에 한발 다가갈 수 있었으며, 예비 사회적 기업을 통해 정부에서 지정한 사회적 경제조직이 된 고마운 한 해이다.

2017년 대미를 장식해 줄 "대한민국 인재상" 공고문이 7월에 떴다. 대한민국 인재상에 대해서는 2014년부터 알고 있었다. 하지만 그때는 내가 과연 대한민국의 인재일까? 하는 회의적인 생각이 들어 지원을 포기했었다.

올해 공고문을 자세히 살펴보았다. 대한민국 인재상의 사업

목적은 “창의와 열정으로 새로운 가치를 창출하고 타인을 배려하며 공동체 발전에 기여하는 인재를 발굴하여 미래 국가의 주축으로 성장하도록 지원”이라고 되어있다. 내가 모든 면에 해당되는 인재인지는 잘 모르겠지만 미래 국가의 주축으로 성장할 수 있도록 지금도 노력하고 있다.

선발대상을 보면, 지혜와 열정으로 탁월한 성취를 이루며, 창의적 사고로 새로운 가치를 창출하고, 배려와 공동체 의식 등을 갖춘 우수 인재가 대상이다.

3년이 흐른 지금, 사실 지금도 내가 대한민국의 인재라고는 말할 수 없다고 생각한다. 하지만 주변 친구들이 수상을 하고 그들이 상을 받기 전과 받은 후에도 꾸준히 우리 사회를 위해 이바지하는 모습을 보면서 많은 감명이 일었고, 창의적인 사고로 새로운 가치를 창출하는 인재상 수상자가 되기로 결심했다.

그동안 경험했던 여러 활동으로 배려와 공동체 의식을 갖춘 미래사회를 이끄는 주역으로 성장할 수 있으리라 믿었다. 또한 최근 5년의 성과를 종합해서 평가하는 상이라 나에게는 올해가 적기라고 판단했다.

후보자(서류합격)가 되는 것은 쉽지 않은 도전이었다. 내가 왜 인재상을 받아야 하는지 객관적인 서류들을 통해 증빙을 해야 했는데 3명으로부터의 추천서, 이력서 및 자기소개서, 생활기록부(고교), 성적증명서(대학), 수상, 자격증, 공적 증빙서류 등 많은 준비가 필요했다.

후보자를 정확히 평가할 수 있는 인사의 추천(추천 대상의 공적 사실 확인 필수)이 필요했는데 우선 3분에게 추천서를 부탁드리는 것 자체가 쉽지 않은 일이였다.

자기소개서는 활동 경력과 주요성과를 포함하여 총 7장 이내 작성을 하게 되어있어서 내가 살아온 모든 세월을 7장 안에 담으려 노력했다. 담담하게 써 내려갔으며, 정해진 틀 안에 많은 것을 녹여내기 위해 2주간의 시간 동안 다듬고 또 다듬었다.

그렇게 준비된 모든 서류를 부산광역시청에 직접 제출하였고, 한 달 동안 결과를 묵묵히 기다렸다.

마침내 기다렸던 서류 합격의 메일을 받고 나니 기분이 정말 좋았다. 하지만 이제 시작이라는 생각과 함께 면접 준비를 잘해야겠다는 마음이 들었다.

서류 합격부터는 간절해졌다. 꼭 수상하고 싶었다. 그동안 내가 했던 결과물에 대해 어느 가족에게 칭찬받을 일이 없었고, 누군가에게 내가 가고 있는 길이 맞는 길인지 물어볼 일도 없었다. 꼭 한번 평가를 받아보고 싶었다.

면접 준비를 하는 도중 앞선 선배들이 올려주신 블로그 후기들을 많이 볼 수 있었다. 내가 평소에 어떤 생각을 하고 사는지, 어떤 목표가 있는지 등 질문을 한다고 했다. 나는 거기에 대해선 준비할 것이 없었다. 나 자신은 내가 제일 잘 알고 있기 때문이었다.

면접은 서울에서 이루어졌다. 지방참가자를 배려하여 뒷시간으로 배정이 되었다. 면접을 위해 옷을 새로 장만하였고 새 옷을 입고 서울행 기차에 몸을 실었다. 막상 당일이 되니 떨렸다. 그 동안 많은 면접을 보았지만 면접장에 혼자 입실하여 20분의 긴 시간 동안 면접 본다는 것이 나를 더 떨리게 했던 것 같다.

걱정도 많았다. 긴 시간동안 내 이야기를 할 텐데 혹시 말실수는 하지 않을까? 막연한 고민들이었다.

코엑스에 도착하여 면접장으로 향하였다. 이미 많은 면접자들이 대기하고 있었다. 한복을 입은 사람도 있었고, 직업과 관련한 복장을 하고 온 사람들도 있었다. 평범하게 입고 온 나는 "사업가처럼 입고 올 걸 그랬나?" 싶었다. 사업가다운 복장이 어떤 복장인지는 모르겠지만 말이다.

그렇게 내 차례가 되었고 면접장으로 입장하였다. 면접관 분들께 인사를 나누고 자리에 착석했다. 자기소개를 시작으로 다양한 질문과 답변이 오갔다. 20분 동안 모든 것을 쏟아냈고, 마지막에 할 말 있으면 하라는 말에 내가 인재상을 꼭 받아야 하는 이유까지 잘 답변하고 나왔다. 할 수 있는 최선을 다했고 꼼꼼하게 대답했기 때문에 후회는 없었다.

기억에 남는 질문이 있다.

Q : 영훈 씨가 자기소개서에 수녀님 밑에서 자랐다고 써놨어요. 영훈 씨가 생각하는 우리나라의 '수녀의 상'은 어떠한가요?

A : 초등학교 3학년 때, 수녀님과 아이들과 함께 다 같이 영화관에 간적이 있었습니다. 그때에는 지금처럼 앱이나 홈페이지에서 예약할 수 없었고, 현장예매밖에 되지 않았던 시절이었습니다. 당연히 번호표를 뽑고 줄을 서서 차례로 예약을 해야 했습니다. 오후 3시 영화인데, 도착한 시간이 오후 3시였습니다. 이미 많은 사람들이 줄을 서있었습니다. 수녀님은 앞사람에게 양해를 구했는데 모든 사람들이 수녀님께 양보해 주어 가장 먼저 예매를 할 수 있었습니다. 우리가 생각하는 수녀님의 모습은 바로 이런 모습이 아닐까 생각합니다.

대한민국 인재상을 수상해야 되는 이유도 이야기했다.

A : 시설을 퇴소한 아동들이 나를 보며 나도 대한민국 인재상에 도전할 수 있다는 용기를 주고 싶습니다. 대한민국 인재상이라는 높은 산을 바라만 볼 것이 아니라, 충분히 오를 수 있다는 것을 몸소 보여주고 싶습니다. 제가 대한민국 인재상을 수상하면서 언론의 주목을 받게 되면 저의 존

재가 많은 보호종결의 아이들에게 알려지게 될 것입니다. 자신과 비슷한 처지였던 저 사람이 어떻게 노력했는지 궁금해할 것이며, 저는 어떤 노력을 통해 보호가 종결된 이후의 삶을 그려나갈 수 있었는지 알려주고 싶습니다.

그것은 내가 이 책을 집필하게 된 이유기도 하다.

하고 싶은 모든 말을 하고 난 뒤, 면접장을 나오며 후련하기도 하고 몸속에 앓던 무언가가 빠져나간 것 같다는 느낌도 들었다. 그토록 원하던 인정을 위해 내 모든 걸 내려놓은 기분이었다.

약 3주 이후 발표가 났다. 2017 대한민국 인재상 수상자로 결정되었다는 소식이었다.

2017년 11월, 2017 대한민국 인재상 시상식, 세종문화회관 세종홀에서

얼마나 기뻤는지 모른다. 그동안 내가 해왔던 길을 묵묵히 더 걸어가도 되겠구나 하는 생각이 물밀 듯이 들어왔다.

내가 지금까지 해왔던 것들을 인정받을 수 있다는 것이, 얼마나 기쁜 일인지 처음 느꼈다.

혼자 세상을 살아가면서 도움도 많이 받았지만 그래도 오로지 혼자 결정해서 이뤄나가야 할 어려운 일도 많았다. 그동안 고생했던 일들을, 국가에 의해 보상받는 기분이었다.

사업을 시작한 이후 그동안 내가 받았던 사회적 관심과 사랑, 배려를 사회에 다시 환원하겠다는 마음으로 지역사회 발전에 공헌하고자 했다. 그런 과정 속에서도 많은 관심과 사랑을 받고 있다. 인재상 수상을 하고 나자 더 많이 돌려주려 노력해야겠다는 생각이 든다. 앞으로도 '타인과 함께하는 삶'을 꾸준히 실천해 나갈 것이다.

이번 대한민국 인재상은 나 자신을 격려하는 차원에서 의미가 크다. 상을 받은 이상 아무리 힘들어도 포기할 수 없다. 지역사회에 공헌하며 살겠다는 그 첫 마음 잊지 않고 열심히 산을 넘어보려 한다.

대한민국 인재상 수상 소감

전통시장을 살리겠다는 목표 하나로 시작했던 일들을 계속 해 나가는 것이 맞는지 의문이 들 때, 2017 대한민국 인재상을 수상하게 되었습니다. 그런 노력을 이번 수상을 통해 인정받은 것 같아 무척 기쁩니다.

이번 인재상은 저에게 큰 도전이었습니다. 이러한 도전에 힘을 주시고 용기를 주신 교수님, 선생님께 감사의 인사를 드립니다.

대한민국에는 1,300여 개의 전통시장이 있습니다. 전통시장을 더 많은 분들이 찾을 수 있도록, 그리고 전통시장 상인 분들과 시장을 방문하는 방문객, 지역주민과 함께하며 지역사회의 여전한 기둥이 '시장'일 수 있도록 앞으로 더욱더 노력하겠습니다.

그리고 대한민국의 인재로 성장할 수 있도록 정직하게 걸어가겠습니다. 감사합니다.

저에게 가장 큰 영향을 미쳤던 인물은 루미네 수녀님과 바울리나 수녀님입니다. 인격이 형성되는 가장 중요한 시기에 부모님의 빈자리를 채워주셨습니다. 이를 극복하고자 요리를 하고 싶어 하는 저의 바람을 응원해 주셨고 인문계 고등학교에서 조리고등학교로 전학을 가게 되었습니다. 하고 싶었던 요리를 하게 되면서 누구보다 솔선수범하고 친구들과의 원만한 관계를 만들었습니다.

고등학교 3년 내내 상위권의 성적을 받게 되었고 한식, 양식, 중식, 일식 조리기능사를 취득할 수 있었습니다. 대학교에 입학한 후 다양한 대외활동을 하였고, KT올레 대학생 봉사단을 통해 나만큼 또는 나보다 더 어려운 사람들을 위해 재능기부를 하며 해외자원봉사활동을 통해 기아에 어려움을 겪고 있는 지역주민들과 함께 소통하면서 감사할 줄 아는 삶을 살게 되었습니다.

청소년국제교류프로그램 사후활동을 2년 동안 총괄하면서 리더의 자질이 무엇인지 깨닫게 되었고 단체생활에서 끓어오르는 열정으로 행사를 해낸다는 것이 얼마나 가슴 뛰는 일인지 알게 되었습니다. 자유로운 활동경험을 통해 꿈을 꾸고 있는 일들을 실행하는 과정에서 독창적인 아이디어를 가지고 잠재능력을 발견할 수 있었습니다. 또한 함께 동행하는 사람들과 어울리며 부대끼고 알아가면서 공동체 의식을 기를 수 있었습니다.

제7장

과거와 현재 그리고 미래

1
| 대한민국 인재상 수상 이후의 삶 |

대한민국 인재상 수상 이후 여기저기서 강연요청이 쇄도했다. 2018년도엔 모두 거절했다. 단 한 번도 청중 앞에 서지 않았다.

처음엔 스케줄이 맞지 않은 탓이었지만 거절했지만 이후엔 내가 할 법한 일이 아니라 생각해서였다. 성공한 사업가도 아니고, 아직은 완전한 사회적 기업가도 아니라고 생각했기 때문이다.

자부심을 가지고 일을 하기 때문에 늘 '새늘투어'를 자랑스러워하지만 부족함이 많은 사람이다.

사회적 경제조직을 만들게 된 이유는 별거 없다. 특별히 아무것도 없이 시작했고 얼떨결에 회사를 만들었으며 그 이후에 그만둘 수 없어 매 순간 열심히 일할 뿐이다.

그래도 시작하고 난 2년 동안 내가 믿을 수 있는 사람들이 생겼고, 사업하기 이전이라면 만나기 힘들 사람도 만났다. 사업을 하며 보게 된 세상이 정말 넓다는 것을 지금도 매일 깨닫고 있다.

세상은 전부 내 맘 같지 않기 때문에 뜻대로 되지 않은 일도 많았지만, 그것을 인정하며 한 고개, 또 한 고개 넘었던 것 같다.

더 겸손하게 생각하고 매 순간 최선을 다하며 하루하루를 의미 있는 시간으로 채우려 노력한다. 한 끼를 먹어도 신경 써서 챙겨 먹으려 한다. 미리 안 된다는 생각을 하기보다는 결과가 어떨지언정 도전적으로 모든 일에 임한다. 그 과정 속에서 많은 걸 배울 수 있기 때문이다.

인재상을 수상한 이후에도 크게 달라진 것은 없다. 오히려 더 겸손하며 지금껏 해왔던 것들의 연장선에서 할 수 있는 일들을 해나가고 있다. 늘 배우는 자세로 중심을 잃지 않고, 나의 방식대로, 너무 느긋하게도 너무 조급하게도 하지 않으면 된다고 생각한다.

한 고개 한 고개 넘다 보니 반가운 소식이 들려왔다. LH소셜벤처 2년 차 지원에 합격했다는 소식이다. 한 해 더 지원을 받을 수 있게 된 것이다. 새늘투어가 만들고자 하는 전통시장 내의 복합문화공간 개설에 한 발짝 다가설 수 있게 되었다.

모든 일은 갑자기 찾아오는 경우는 없는 것 같다. 하나하나씩 하다보면 또 다음이 보이고, 또 그 다음이 보이고 그렇다. 조급한 마음 갖기보다는 하나씩 해나가다 보면 비로소 내가 가고자 하는 길에 어느덧 가까이 가있지 않을까 싶다.

LH소셜벤처 2년 차 지원사업에서 우리가 해야 할 일은 복합문화공간을 설립하는 일이다.

'전통시장 활성화'라는 목표만 생각하고 무엇을 어떻게 해야 할지 몰랐던 지난 2년.

이제 우리가 할 수 있는 것을 딱 하나 정해서 실천하기로 했고, 작은 것 하나부터 시작해 나가기로 했다. 그것은 바로 전통시장 내에서 문화공간을 운영하는 것이다.

복합문화공간 운영을 통해 전통시장의 상인, 방문객, 지역주민, 관광객들이 편히 이용할 수 있는 공간, 시장에서 먹거리를 구입하면 앉아서 먹을 수 있는 공간, 장을 보다 친구끼리 수다 떨고 갈 수 있는 공간. 주민들이 편하게 이용할 수 있는 쉼터이자 다양한 문화 프로그램을 즐기면서 삶의 즐거움을 공유하는 공간으로 거듭나고자 하는 목표를 가지고 복합문화공간 설립에 착수했다.

부산광역시 수영구 소재의 수영팔도시장에 오래된 건물의 1층을 계약했고, 인테리어 공사를 하였다.

공간 오픈을 위한 과정엔 쉬움이 하나도 없었다. 부동산에서 '정화조' 문제에 대해 명확한 설명 없이 계약을 진행하려다가 나중에 문제점을 파악하여 부동산에 항의를 하기도 했다.

부동산을 변경하면서 계약이 계속 지체되었고, 건축사를 부르고 설계 도면을 변경하고 구청의 승인을 받는 과정에서도 여러 실랑이가 있었다.

그렇게 우리는 모든 과정을 해결하며 계약에 이르렀고, 드디어 인테리어 공사를 시작할 수 있었다. 공사를 하는 와중에도 갖가지의 문제들로 인해 공사가 몇 번 지연됐었고 매번 그때그때 발생하는 문제들을 해결해야 했다.

세상살이 쉬운 일이 하나도 없다, 모든 것이 내 손 안 거치고 그냥 되는 일은 없구나 하는 생각이 들었다. 하지만 그만큼 하나하나 손이 갔기 때문에 더 내 자식 같고 애착이 가는 게 아닐까 싶다.

그렇게 우리는 모든 공사와 준비를 마치고,

2019년 1월 새늘투어의 복합문화공간인 '공간새늘'을 오픈하였다.

새늘투어에서 야심차게 선보인 "공간새늘" 복합문화공간

2
| 또 한 번의 인재상을 수상하다 |

2018년, 미래 동아대학교를 빛낼 인물로 선정되다.

인재상은 대한민국 인재상이 마지막일 줄 알았는데, 대학에서 또 한 번의 인재상을 받게 되었다.

사실 이번 동아미래인재상은 남다른 의미가 있다.

나는 앞서 얘기한 활동과 소개하지 못한 활동까지 다양한 대외활동을 하면서 마주친 현실의 벽에서 많은 것을 느꼈다.

사람들을 만나다 보면 부유한 가정에서 돈 걱정 없이 학교생활을 하는 친구들,

등록금은 부모님이 부담해 주시고 생활비는 자신이 벌어서 학교생활을 하는 친구들,

등록금에 용돈, 월세 그리고 공과금까지 전부 부모님께서 척척 내주시는 친구들,

등록금은 학자금 대출로 빌리고, 생활비와 책값까지 자신이 직접 벌어 학교 다니는 친구들 등

이렇게 수많은 사람들과 마주하게 된다.

대외활동을 하며 다양한 가정환경에 놓인 사람들을 다 만날 수 있었고, 각자 어떻게 생각하며 살아가는지도 알게 되면서 "이런 사람도 있구나"라고 생각을 넓힐 수 있었던 계기가 되었다.

내가 했던 활동들을 쭉 살펴보면 거의 서울에서 했던 활동들

이 많다. 그 활동들에 참가한 면면들을 보면 나는 어떻게 합격했을까 의문이 들 정도로 좋은 학벌을 가진 친구들이 많이 있었다.

그래서 더욱 더 자극을 많이 받을 수 있었던 것 같다.

고등학교 때 남들보다 덜 노력했던 나를 돌아보게 되었고, 같이 활동했던 친구들보다 몇 배 더 노력하면 발끝은 따라갈 수 있을 거라 생각을 했다.

그래서 대학을 다니는 동안 학업과 활동을 다 놓치지 않으려고 부단히 애를 많이 썼다.

그런 일련의 지난 공적을 인정받아 받게 되는 상이라 나에게 더욱 특별하다.

그리고 졸업하기 전에 학교에서 주는 큰 상을 받고 유종의 미를 거둘 수 있게 되어 너무 행복하다.

학교를 빛낼 수 있는, 학교에 발전기금을 많이 낼 수 있는 그런 사람으로 성장하고 싶다.

3

| 마음의 허기를 스스로 치유하다 |

좀처럼 강연을 거절했던 내가, 올해는 많은 곳에 강연을 가고 있다.

강연을 결심하게 된 계기는 그동안 학생들이 몰라서 못 누리는 좋은 프로그램들과 혜택들이 많다는 것을 적극적으로 알리고 나누고 싶은 마음 때문이었다. 나는 대학시절에 그런 프로그램을 알고 있었기에 도전했고 결과를 얻었지만, 주변을 돌아보니 정보를 접하지 못해서 참여하지 못하는 경우를 종종 마주했다.

그리고 내가 살아오면서 겪었던 고통, 고난과 역경들이 누군가에게는 피와 살이 되어 인생을 살아가는 데 용기를 줄 수 있지 않을까 하는 생각도 들었다.

300명의 청중 중에 단 한 명만이라도 강연을 통해 뭔가 느낀 점이 있고 용기를 얻을 수 있다면 그것만으로도 큰일을 해낸 것이다.

실제로 요즘 강연이 끝나고 학생들과 소통을 이어나가기 위해 SNS로 연락을 주고받는데, 많은 친구들이 고민상담을 요청한다.

즐거운 마음으로 주어진 일에 감사하며 열심히 대답하고 있고, 앞으로도 많은 학생들을 만날 생각이다.

강연을 가면 말미에 학생들에게 이런 이야기들을 해준다.

"강연에서 언급했다시피 소년소녀가장으로 어렵게 살아왔음에도 불구하고 여러분 앞에 설 수 있는 데에는 지난 10년간 많은 노력이 필요했습니다. 일반사람들보다 어쩌면 몇 배의 땀을 흘렸을 겁니다. 그래도 저는 저의 환경을 탓하지만은 않았습니다. 부단히 노력해 왔습니다. 가정이든 사회든 더 좋은 환경에서 자라는 여러분들이 못 할 건 없다고 생각합니다. 하고 싶은 일이 있으면 꾸준히 길을 걸어가다 보면 언젠가 빛을 볼 거예요."

어느덧 29살이 되면서 또 하나 바뀐 것이 있다.

사업을 4년 동안 하면서 포장된 나로 살다보니 진정 나 자신을

잃었고,

인간관계나 삶에 쉽게 방전되는 경우가 많았다.

심리적으로 힘든 상황에서도 다시 의욕을 불태우며 분주하게 움직이다가도 포기하고 싶다는 생각이 들 때도 종종 있었다. 사람들에게 이런 고민을 이야기하면, “네가 그렇게 생각할 줄은 꿈에도 몰랐어.”라고 얘기한다. “사업에 대한 의지가 얼마나 충만했던 사람인데….” “새로운 계획을 얼마나 구체적으로 준비하고 있었는데….”라는 말을 덧붙이면서.

새로운 사람을 만나는 자리에서 항상 나를 포장해야 했고, 가면을 써야 하는 일이 반복될수록 나의 진짜 모습은 희미해져 갔다. 나 자신을 정말 성장시키기보다, 내가 그저 멋진 사람이라는 이미지를 다른 사람에게 각인시키는 일에 몰두했던 것 같다.

그러다 보니 어느 날 내 존재가 희미하게 사라져가고 있음을 느꼈고, 멘탈이 약해지면서 예전엔 충분히 감당했던 일을 감당하지 못하는 굉장히 예민한 성격이 되었다.

그래서 스물여덟이 되던 해부터 계속 연습해 왔다. 내려놓기 연습을.

세상살이도 자연의 이치와 비슷하다. 내가 가진 욕심들을 끝없이 펼쳐도 절정에 이르고 그 힘이 다하면 단풍이 지는 것처럼 지고 말텐데, 절정의 끝은 예고된 추락일 텐데도 그것을 받아들이는 게 쉬운 일이 아니었다.

아쉬움과 미련이 추락의 순간을 거부했다. 거부한다고 거부되는 게 아님에도 불구하고.

나는 내 인생에서 사람들과 만남에 있어 '절정'을 봤다.

사업을 시작하면서 포장된 내가 알려지면서 많은 사람들에게 창업가로서 이름을 날렸고,

대외활동을 수십 개 하면서 많은 대학생들에게 연락을 받으면서 유명한 사람이라는 착각에 빠져들기도 했다.

어느 정도 내가 잘나가고 있다고 생각을 했는지, 예전엔 만나고 싶어도 만나지 못했던 사람들도 만날 수 있었다. 그렇게 2017년에 소위 SNS 스타라고 불리는 수많은 사람들을 만났다.

이 사람들을 만날 때면 나도 함께 유명해지는 것만 같았다. 나도 유명하기 때문에 이 사람을 만날 수 있다는 이상한 착각을 계속 했다. 사실은 '나'는 그냥 '나'이고 변한 게 없는데, 이상한 착각 속에 빠져, 구름 위를 둥둥 떠다니는 듯한 감정을 가지고 생활을 했다.

그렇게 수백 명의 사람들과 만나면서 친구를 맺고, 그 사람의 친구까지 알게 되면서 얕은 인간관계를 확장하는 데 1년이라는 세월을 허비했다.

그런데 그런 관계가 틀어지면서 점점 내 모습이 초라해져 갔다. 틀어지는 관계를 받아들일 수가 없었다. 상상도 할 수 없는 일이었기 때문이다. 모두 내 울타리 안에 있어야 할 사람들이 울타리 밖으로 나간다는 것을 생각해 본 적이 없었다.

틀어지는 관계는 붙잡고자 해도 붙잡아질 수 있는 것이 아니었다.

어느 날 거울로 내 모습을 보면서 문득 이런 생각이 들었다.

그냥 '나'는 '나'인데 있는 그대로를 봐주고 사랑해 주는 사람들과 지내면 되지 않을까?

그냥 이렇게 행동하는 내 모습을 좀 내려놓고, '나' 자신을 좀 더 알아야겠다는 생각이 들었다.

그렇게 1년이 넘도록 내려놓기 연습을 한 결과, 현재는 새로운 사람들을 무조건 많이 만나는 것보다 그 시간에 사랑하는 사람들을 한 번이라도 더 만나고 이야기를 나누는 쪽으로 삶의 방향이 많이 바뀌었다. 훨씬 행복해졌다. 내가 좋아하는 사람, 내가 아끼는 사람들이 바로 옆에 있었는데도 지금까지 그걸 모르고 살아왔다.

인간관계는 내려놓을수록 마음이 편하다. 나에게 필요 없는 인간관계는 적당한 거리를 지키고 시간 낭비를 하지 않게 되자 삶의 질이 향상되었다. 동시에 불필요한 걱정들도 내려놓게 되면서 예민함도 많이 사라졌다.

4
| 끝나지 않은 도전 |

지금까지 살아오면서 다른 사람의 이야기를 듣고 위로한 적은 많았지만,

한 번도 나의 이야기를 누구에게도 꺼내본 적이 없다.

나의 이야기를 했을 때, 나의 이야기로 이 책을 집필했을 때 사람들이 나에 대해서 어떻게 생각할까?

나를 너무 많이 보여주는 것이 아니냐고 이야기하는 사람들도 있다.

하지만 내가 자라온 환경은 내가 잘못해서 생긴 것이 아니다. 색안경을 끼고 보는 사람들까지 내가 다 품을 수는 없다. 오히려 당당하게 이야기할 수 있어야 한다고 생각한다.

지금까지는 도저히 얘기할 엄두가 나지 않았기 때문에 그러질 못했다.

그럼에도 불구하고 이제야 이야기를 꺼낸 이유는, 진정성 있는 책을 쓰고 싶었기 때문이다.

그냥 뭔가를 이루어낸 사람이라고 쓰면 나에 대한 진정성이 하나도 없어 보일 것이기 때문에.

앞으로는 그런 걱정에서 자유롭고 싶다. 이것이 앞으로 내가 마주해야 할 가장 큰 과제다.

내 모습을 받아들이고 당당하게 내보일 수 있는 멋진 사람이 되고 싶다.

나 자신의 배경이나 자라온 환경과 마주해 가며 나를 이해하는 작업은 계속될 것이다.

더불어 새로운 도전을 꿈꾸고 있다.

1. 세계일주
2. 공부를 더 하기
3. 자립 청소년들을 위해 그룹홈 만들기

계속 꿈을 꾸는 것이 두렵기도 하다. 지금도 내가 가는 길이 맞는지 잘 모르지만 그 길목에서 '꽃길'이 나타나지 않을까 자신감 있게 이야기한다.

내가 가려고 하는 이 길이 누군가에게는 분명 희망이 될 수 있을 것이라 생각한다. 항상 도전하는 마음으로, 공동체 속에서 부대끼며 삶을 알아가고 성취하는 즐거움을 느끼며 살아가고자 한다.

앞으로 하고 싶은 일들은 생각만 해도 설렌다. 생각만 해도 설레는 일이 있다면 그 일은 무조건 해야 된다. 그 과정에서 힘들 수 있지만 절대 미리 걱정하지 않는다. 일단 직진이다.

갈 길이 멀고 할 일도 많다. 함께할 우리 청소년들을 위해 말이다.

5

| 수녀님들께 편지 |

Sr. Lumine (루미네 수녀님께)

수녀님 안녕하세요.
저 영훈이에요.
어릴 적 수녀님께 어버이날이면 편지를 많이 썼었지만, 성인이 되어서는 처음으로 써보는 것 같아요.
할 말이 많은데 어디서부터 시작해야 될지 모르겠어요.

부모님 모두 여의고 고모 손에서 자라고 있었을 때, 수녀님은 우리 아버지 장례식장에 오셨지요.

아버지를 잃은 슬픔에 눈물이 마르지 않았던 저를 꼬옥 안아주셨습니다.
5살의 어린 나이였지만 지금도 생생할 정도로 그 품이 참 따뜻했어요.

그리고 수녀님은 저와 동생을 부산으로 데려가셨지요. 그때 수녀님의 결정에 감사의 말씀을 드리고 싶어요.

저는 한 번도 우리들의집 그룹홈에서 살아온 나날들에 대해 후회해 본 적은 없어요.
오히려 더 많은 사랑을 받아서 감사한 마음이고, 그나마 우리들의 집에서 수녀님의 따스한 배려가 있었기 때문에 이만큼 걸어올 수 있었다고 생각하고 있어요.

10년 넘게 수녀님 밑에서 지내면서 때론 혼도 나고 그랬지만 오히려 우리를 더 강하게 키워주셨기 때문에 자립한 후에도 스스로 잘 개척해 나갈 수 있었던 것 같아요.

중학교 때, 수녀님과 함께 길을 걸어가다가 마주 오는 친구에게 수녀님이 부끄러워 혼자 버스를 타고 갔던 기억이 지워지지 않아요. 수녀님께 너무 죄송했어요. 수녀님을 부끄러워했던 지난날을 반성해요.

수녀님은 항상 우리를 위해 아침마다 서양식 식사를 준비해 주셨는데, 식빵에 직접 만드신 딸기잼을 바르고 그 위에 계란, 햄 등을 올려 매일 우리에게 만들어주셨죠. 스프도 아침마다 오랜 시간 저어 만들어주시고, 우리는 매일 아침 든든하게 먹고 학교에 갈 수 있었어요. 10년 동안 매일 아침을 해주셨기 때문에 정말 무럭무럭 잘 자라면서 부족한 영양 없이 학교생활도 잘할 수 있었던 것 같아요.

중학생이 되면서 사춘기가 찾아와 때로는 수녀님께 반항도 하면서 말도 듣지 않는 날들도 많았죠. 수녀님은 저희한테 '엄마'였기 때문에 엄마한테만 할 수 있는 반항을 수녀님께 했었어요. 그만큼 우리에겐 훌륭한 엄마셨어요. 다른 엄마가 생각이 안 날 정도로요.

수녀님과 항상 택시 타고 국제시장을 가서 바게트를 사오고, 독일어 인사법을 배우고, 오리불고기 마을에 한 번씩 저녁 먹으러 갔던 생각들이 새록새록 떠올라요. 10년이라는 세월이 무시하지 못하는 세월이잖아요. 감사해요 수녀님.

수녀님, 저는 수녀님을 만나지 않았더라면 고모 손에 자라다가 비행청소년이 되었을 수도 있고, 올바르게 학교도 졸업하지 못했을 거예요. 늘 고모가 이야기해요. 부산에 가지 않았더라면 이렇게 바르게 자라지 못했을 거라고요. 바른 길로 갈 수 있도록 학교도 열심히 다니고, 다른 친구들에게 뒤처지지 않도록 피아노와 태권도도 배우도록 해주시고 덕분에 이렇게 잘 클 수 있었습니다.

2년인 2017년 6월, 수녀님 4년 만에 한국에 오셔서 뵈었지요. 항상 정정하시고 아픈 곳 없으셔서 얼마나 다행인지 몰라요. 항상 우리 걱정만 하시는 것 잘 알고 있어요. 걱정하시지 않게 잘 살게요.

멀리 계셔도 항상 건강 챙기셨으면 좋겠어요. 오래오래 수녀님 뵐 수 있었으면 좋겠습니다. 다음에 한국에 오시면 꼭 다시 만나요. 사랑합니다.

2017년 6월, 루미네수녀님 4년 만에 방한 당시

Sr. 바울리나 수녀님께

수녀님 안녕하세요.

저 영훈이에요.

퇴소하고 나서도 꾸준히 연락드렸지요. 15년 동안 그룹홈에 있으면서 정말 많은 수녀님들께서 지나가셨죠. 모든 수녀님께 감사드리지만 특별히 우리 바울리나 수녀님에게 특별히 감사 인사를 전하면서 이 책을 드리고 싶었어요.

루미네 수녀님과는 어린 시절을 함께했지만, 수녀님과는 중요한 시기인 중, 고등학교 때 함께했었지요. 이때 수녀님은 머리가 커가는 우리들을 감당하기 힘들어하셨지만, 감당해 주셨기 때문에 오늘 우리들이 엇나가지 않고 각자 자신의 길을 묵묵히 걸어나갈 수 있었어요.

돌이켜보면 수녀님은 저에게 제가 하고 싶은 일들은 최대한 지원해 주시려고 노력하셨어요. 고등학교 전학에 관한 일, 갖고 싶은 전자제품을 사주셨던 일, 항상 제 편에서 이야기해주셨던 일, 요리학원을 보내주셨던 일 등 모든 면에서 항상 믿고 지지해 주셨던 일들이 기억에 남아요.

한참 크는 우리들이 먹는 양이 장난 아니었는데도 항상 야식까지 챙겨주시고, 고등학교 아침 도시락도 챙겨주시고, 여행 등 아이들과 다양한 추억을 쌓을 수 있도록 해주셔서 감사했어요.

한참 고민이 많고 많이 흔들렸던 시기이기도 했고, 알게 모르게 정말 많이 울었어요. 그냥 내가 살고 있는 모든 것들을 부정하고 싶었고, 나만 왜 이렇게 살아야 하나 싶었고, 내 옆에 엄마가 없다는 그 이유 하나만으로 방에서 매일매일 울었을 때, 항상 내가 하고 싶은 것들을 꾸준하게 뒷받침

해주시는 수녀님이 계셨기에 견뎌낼 수 있었어요.

요리를 좋아하는 나에게 매일 주방에서 데레사 아주머니와 함께 요리를 하고, 이마트에 장을 보러 다녀오고 했던 일, 아이들에게 공부를 가르쳤던 일들도 매우 즐거운 일들이었고 내재되어 있는 슬픔들은 집에서 무언가를 하면서 떨쳐낼 수 있었어요.

수녀님 우리 키워주시느라 5년 동안 정말 힘드셨죠? 제가 생각해도 저를 누가 감당하기에 쉽지 않았을 거란 생각이 들어요. 그럼에도 불구하고 항상 믿어주시고 따뜻하게 격려해 주셔서 정말 감사해요. 늘 대화로 풀어나가고 우리 의견을 들어주시려고 노력해주셨던 수녀님의 모습이 항상 떠올라요. 질풍노도의 시기에 저희가 올바른 가치관을 형성할 수 있었던 것은 모두 수녀님 덕분이었어요.

항상 몸 건강하시고, 자주 연락드리겠습니다. 사랑합니다.

2018년 말, 큰고모, 작은고모, 사촌형과 함께 제주여행

에필로그

| 오늘의 내가 미래의 그들을 도울 수 있기를 |

"홀로 자라지만 누구를 해하지 않고, 사람들에게 위안을 주는 나무처럼 그룹홈에 지내는 친구들이 씩씩하게 자랐으면 좋겠어요."

"우리 아이들을 국가나 사회가 존중해 줄 수 있는 사회가 되었으면 좋겠어요."

"우리 아이들이 이 사회 안에서 존중받고 살아갈 수 있었으면 좋겠어요."

"입장 바꿔서 생각해 보면, 부모를 잃는 상황은 누구나 견딜 수 없는 상황이란 말이에요. 우리들은 그 모든 상황을 이겨낸 사람들이에요."

브라더스키퍼 김성민 대표님이 했던 말이다. 이 문장 속에 많은 의미가 담겨있다. 우리 사회가 해야 할 일은 무엇인지 내가 앞으로 어떤 일을 통해 퇴소한 친구들을 도울 수 있을지에 대한 생각이 깊어진다.

그룹홈에서 어린 시절을 보내면서 많이 맞기도 하고, 비교를 당하기도 했지만 그보다 더 두려웠던 것은 퇴소하고 난 후의 삶을 상상하는 것이었다. 퇴소한 형과 누나들이 사회에 적응하지 못하고 나락으로 빠진 소식들을 많이 들었기 때문이다. 나도 퇴소하면 저렇게 될 수 있겠구나 라는 생각을 많이 했었다.

퇴소 후 혼자 세상에 내던져지는 것은 생각하기도 싫은 일이었다.

보호가 종결된 퇴소자들을 지켜줄 사회의 울타리는 거의 없거나 있어도 쉽게 만들어질 수 없는 경우들이 많다. 누구나 실패는 할 수 있는 건데, 이 아이들의 경우 실패하면 끝없이 추락하게 되어 다시 회생하기가 어려워진다. 추락했을 때 누구의 도움도 받기 힘들기 때문이다.

이 책이 이슈가 되어 아동양육시설을 퇴소한 친구들에게 자립할 수 있는 더 많은 지원과 혜택을 줄 수 있는 그런 움직임이 생겼으면 하는 바람이다.

또한 이 책을 통해서 그룹홈, 보육원 등 아동양육시설 출신의 친구들이 나의 이야기와 사례를 보고 자신의 환경을 탓하기보다는 나도 저렇게 열심히 살면 길이 보이겠구나 하는 생각을 갖고 희망을 버리지 않았으면 하는 좋겠다.

책을 쓰기로 마음먹은 이후 나의 이야기를 꺼내는 것에 대해 많은 용기가 필요했다.

약점을 공개하는 순간 나에게 오히려 '실'이 될 것이다 하는 이야기도 들었다.

나는 약점을 숨기지 않고 투명하게 공개했을 때 신뢰가 더욱 생기는 법이라 생각한다.

대부분의 사람들은 약점이 없는 것을 더 좋아한다.

세상에 약점이 노출되면 당황스러워하고, 그 약점을 숨기려 한다.

그러나 약점을 인정하는 것은 약점에 항복하는 것이 아니라,

약점을 극복하는 첫걸음이라 생각한다.

나의 이야기를 공개함으로써 더 자유로워지고, 약점에 더 잘 대처할 수 있지 않을까 싶다.

약점을 가진 많은 이들이 숨기지 말고 세상 밖에 꺼내어 마음의 짐을 덜었으면 한다.

그런 의미에서 나의 맨살을 드러냈다. 많은 이들에게 희망과 용기를 주고 싶기에.

나의 이야기가 선행되지 않으면 진심으로 다가가기 힘들겠다

고 생각했기 때문이다.

어려운 가정환경은 당신의 잘못이 아니다. 오히려 특별한 경험으로 생각하고 상처를 치유하면서 긍정적으로 삶을 활용할 수 있는 방안을 생각했으면 좋겠다.

2019년 7월 1일.

자립지원대상 아동 및 청소년 지원에 관한 특별법을 만들기 위해 국회 입법 공청회가 열렸다.

아동양육시설, 그룹홈 등에서 보호가 종료된 청소년들은 또래 일반 청소년들에 비해 성인으로의 이행을 준비하는 기간이 매우 짧은 반면, 독립된 성인으로의 빠른 전환을 요구받고 있는 것이 현실이다.

'내 자식'이 아니라 '우리의 자녀'라 생각하고 아동들이 건강하게 성장해서 우리 사회의 건전한 구성원으로 발전할 수 있도록 힘을 모았으면 한다.

끝으로 지금까지 응원을 해준 모든 분들께 진심으로 감사드리며, 독자들 중에 보호종결아동들을 위해 어떤 방식으로든 도움을 줄 수 있는 분이 계시면 꼭 연락을 부탁드리겠습니다. 감사합니다.

제 삶에 도움을 주신 분들.

고모, 기훈이, 루미네 수녀님, 바울리나 수녀님, 한마음회 식구들, 대한민국 인재상 식구들, 우리들의 집 가족들, 올레대학생봉사단 가족들, 현규, 보예, 김완수 교수님, 동현이형, 지영이, 프리미엄 식구들, 일본패밀리 식구들, 태성이, 태양이형, 성윤형님, 별하 식구들, 터키 식구들, 기섭이, 이승홍 대표님, 손진현 대표님, 새늘투어전남지점 김영 대표님, 새봄이, 태봉이, 행복시장원정대 식구들, 성환이, 서구청소속 송은경, 이광일 주무관님, 숙희 여사님, 정미 여사님, 네팔 해외봉사단 식구들, 은미누나, 희준이형, 아영이, 준영이, 종혁이, 동엽이, 윤록이형, 수진이, 오성이, 준모, 신정화 대표님, 우진이형, 시찬이형, 배근이형, 현아, 우성이, 재환이형, 정인이, 한신희 부장님, 준일이형, 준영이형, 한송영님, 도연이, 정민이, 준상이형, 한정우대표님, 최준, 형태, 이철호멘토님, 상창이, 예니, 지훈작가님, 보준작가님, 민우작가님, 형준이형, 사회적기업 대표님들, 경래, 유미누나, 수연이, 성구형, 기환이, 준우형, 광현이형, 시형이형, 영우, 웅종이, 재훈이형, 우송대 친구들, 남태욱 대표님, 승호, 현지, 민경이, 대철이, 봉준이, 형주형, 부성이형, 현민이형, 채우… 그리고 새늘투어를 이용해 주신 모든 고객님께 진심으로 감사의 말씀을 드립니다.

전통시장과 지역의 관광지를 연계하여 지역사회에 공헌과,
시장을 이용하지 않는 청년들에게 시장의 매력을 알리고 새로운
이용객이 되게 하기 위해 노력하는 새늘투어

POINT

새늘투어는 2016년 설립 된 국내외 여행사로, **[예비사회적기업]** 으로 지정
[동남아/일본/중국] 맞춤형 단독 해외여행 진행과 **[항공권 예약 및 발권]**
관광업에 꿈이 있는 청소년들을 위한 **[청소년특강]**
전통시장 활성화를 위한 투어 프로그램 **[청춘시장원정대]** **[벌룬투어]** 운영
전통시장 커뮤니티센터인 복합문화공간 **[공간새늘]** 개설

카카오톡 문의
@새늘투어 플러스친구 추가

출간후기

권선복(도서출판 행복에너지 대표이사)

이 세상은 혼자 살아가는 것이라고 얘기들 합니다.

그 말이 맞습니다. 사람은 홀로 태어났고 홀로 걸어가며 죽음 직전까지 자신의 몸 안에서 사물과 사람을 마주하며 살아갑니다.

여기 특별히 더 '홀로 된' 청년이 있습니다.

사회적 기업가 이영훈입니다.

이른 나이에 아버지를 잃고, 어머니도 떠나버려 동생과 함께 고아로 성장한 그는, 그럼에도 불구하고 그 어느 누구보다 긍정적이고 열정적으로 살아온 청년입니다.

홀로 있음을 마주하기 위해서일까요? 그는 대학에 입학할 때부터 꾸준히 여행을 다니고자 했습니다. 여행을 통해 아는 것이 많아지고 진정한 자신을 마주할 수 있게 되었기 때문이라고 합니다. 수많은 사람들과의 만남을 통해 그의 식견도 넓어지고 깊어졌습니다.

청년 이영훈은 진정으로 가슴이 뛰는 삶을 찾아낸 것 같습니다. 물론 아직도 현재진행형임은 말할 것도 없겠지만요. 어린 시절 음악을 접하고 요리를 접하며 매 순간마다 두근거림을 경험하고 그 박동을 따라온 저자의 길은 매우 정직하고도 올곧다는 인상을 받았습니다. 원하는 일이 있으면 도전하고, 그 길이 아닌 것 같다고 판단되면 바로 방향을 트는 대담함도 보여줍니다. 삶에 있어서 필요한 요소가 아닌가 싶습니다. 청소년이든 성인이든 그의 자세를 본받아야 할 것 같습니다.

이영훈의 삶이 매력적인 것은 그가 자신의 '취향'을 확실히 따라왔다는 점에 있습니다. 마치 어떤 운명이 계시를 하듯 그가 밟아가는 길은 모두 자신의 확고한 결정과 감정과 의지에 따라 펼쳐졌습니다. 물론 그가 자신이 겪은 모든 고난을 이 책 한 권에 기록하지는 않았을 것입니다. 하지만 그런 고난은 무시해도 될 만큼 그의 길은 씩씩함이 넘쳐흐릅니다.

그는 여행을 통해 정말 많은 발전을 이룩했다고 스스로 고백하고 있습니다. 학창시절에 학점이나 취업에만 매달리지 않고

적극적으로 해외봉사활동을 통해 식견을 넓혔습니다.

즐거움만을 추구하기 위한 여행은 아니었습니다. 봉사를 통해 타국의 고아들을 가르치고 도우며 영적 성장도 이루어낼 수 있었기에 더욱 값집니다.

청년 이영훈의 삶의 모토는 "일단 가! 직진!"인 듯합니다.

너무 어렵게 생각하지 않고, 한 번뿐인 인생, 하고 싶은 것을 하고 말겠다는 의지가 드러납니다. 다른 청춘들이 주저할 때 자신이 원하는 것을 찾아내서 돌파구를 만들어내는 그의 모습이 존경스럽습니다.

또 자신만의 성장에서 멈추지 않고 키오스크 별하 사후활동을 통하여 다른 청년들을 이끌어주려는 모습에도 그의 책임감과 열정이 드러나 있어 그의 역량이 돋보입니다.

그는 적극적으로 여행을 추천합니다.

여행을 통해서 얻을 수 있는 게 참 많다고 말입니다.

대학생 시절부터 취업 준비만을 위해 달려온 회색빛의 청춘들에게 이 책을 꼭 권하고 싶은 이유입니다.

인생은 길고, 이제 더 이상 좋은 대학과 좋은 학점만이 미래를 결정해 주는 시기는 지났다고 볼 수 있습니다.

새로운 시대, 격동하는 시대에 어울리는 인재상은 자신이 진정으로 가슴 뛰는 일이 무엇인지 고민하고, 탐구하며, 그것을 알아내 삶에 적용할 줄 아는 청년들이 될 것입니다.

이 책을 통해 여행이 가져다주는 복과 장점을 비롯하여 패기를 단단히 알게 되었으니, 이제 겁내지 말고 떠나봅시다.

꼭 여행이 아니라도 좋습니다. 이 책이 가져다주는 열정은 이 영혼의 삶 그 자체에 있기 때문입니다.

뚝심 있고, 씩씩하며, 거창하지 않아도 좋아하는 것을 위해 몸을 던질 수 있는 청년들이 더 많아졌으면 하는 소망입니다.

모든 독자 여러분의 가슴속에 희망찬 불꽃이 팡팡팡!!! 솟아오르길 진심으로 기원하겠습니다.

Happy Energy books

좋은 **원고**나 **출판 기획**이 있으신 분은 언제든지 **행복에너지**의 문을 두드려 주시기 바랍니다.
ksbdata@hanmail.net www.happybook.or.kr 단체구입문의 ☎ 010-3267-6277

도서출판 행복에너지

하루 5분, 나를 바꾸는 긍정훈련

행복에너지

'긍정훈련' 당신의 삶을
행복으로 인도할
최고의, 최후의 '멘토'

'행복에너지
권선복 대표이사'가 전하는
행복과 긍정의 에너지,
그 삶의 이야기!

인터파크
자기계발 분야 주간
베스트 1위

권선복 지음 | 15,000원

권선복

도서출판 행복에너지 대표
영상고등학교 운영위원장
대통령직속 지역발전위원회
문화복지 전문위원
새마을문고 서울시 강서구 회장
전) 팔팔컴퓨터 전산학원장
전) 강서구의회(도시건설위원장)
아주대학교 공공정책대학원 졸업
충남 논산 출생

책『하루 5분, 나를 바꾸는 긍정훈련 - 행복에너지』는 '긍정훈련' 과정을 통해 삶을 업그레이드하고 행복을 찾아 나설 것을 독자에게 독려한다.
긍정훈련 과정은 [예행연습] [워밍업] [실전] [강화] [숨고르기] [마무리] 등 총 6단계로 나뉘어 각 단계별 사례를 바탕으로 독자 스스로가 느끼고 배운 것을 직접 실천할 수 있게 하는 데 그 목적을 두고 있다.
그동안 우리가 숱하게 '긍정하는 방법'에 대해 배워왔으면서도 정작 삶에 적용시키지 못했던 것은, 머리로만 이해하고 실천으로는 옮기지 않았기 때문이다. 이제 삶을 행복하고 아름답게 가꿀 긍정과의 여정, 그 시작을 책과 함께해 보자.

"좋은 책을
만들어드립니다"

저자의 의도 최대한 반영!
전문 인력의 축적된 노하우를 통한 제작!
다양한 마케팅 및 광고 지원!

최초 기획부터 출간에 이르기까지, 보도자료 배포부터 판매 유통까지! 확실히 책임져 드리고 있습니다. 좋은 원고나 기획이 있으신 분, 블로그나 카페에 좋은 글이 있는 분들은 언제든지 도서출판 행복에너지의 문을 두드려 주십시오! 좋은 책을 만들어 드리겠습니다.

| 출간도서종류 |
시·수필·소설·자기계발·일반실용서·인문교양서·평전·칼럼·여행기·회고록·교본·경제·경영 출판

도서출판 행복에너지
www.happybook.or.kr
☎ 010-3267-6277
e-mail. ksbdata@daum.net